Karl Friedrich Scheibe

Lectiones Lysiacae

Anatiposi

Karl Friedrich Scheibe

Lectiones Lysiacae

Unveränderter Nachdruck der Originalausgabe.

1. Auflage 2023 | ISBN: 978-3-38200-102-5

Anatiposi Verlag ist ein Imprint der Outlook Verlagsgesellschaft mbH.

Verlag: Outlook Verlag GmbH, Zeilweg 44, 60439 Frankfurt, Deutschland
Vertretungsberechtigt: E. Roepke, Zeilweg 44, 60439 Frankfurt, Deutschland
Druck: Books on Demand GmbH, In de Tarpen 42, 22848 Norderstedt, Deutschland

Lectiones Lysiacae.

Scripsit

Carolus Scheibe.

Besonderer Abdruck aus dem ersten Supplementbande der Jahrbücher
für classische Philologie.

Leipzig,

Druck und Verlag von B. G. Teubner.

1856.

Lectiones Lysiacae.

Ex instituto editionum Teubnerianarum omnibus qui veteres scriptores in lucem emittunt ea lex scripta est, ut non tam quibus ducti rationibus verba vulgo recepta mutaverint, transposuerint, exturbaverint, copiosius subtiliusque explicent, quam quid scripserint et ex quo quidque fonte hauserint summatim indicent. Eadem ego reticentiae sive mavis continentiae lege tenebar, cum bis illo B. G. Teubneri consilio recognoscebam Lysiae orationes. Ne tamen leviter in ea re aut temere versatus esse viderer, iam priori editioni anno 1852 vulgatae tamquam pedisecum submittere placuit Emendationum Lysiacarum fasciculum (Strelitiae novae 1852), quo mutationum a me factarum particulam aliquam selectam proponerem earumque accuratius referrem rationes. Illic autem id egi, ut codicis Palatini sive Heidelbergensis X vestigia religiosius etiam, quam adhuc factum esset, insistenda ex eisque quamvis obscuratis vel obrutis universam Lysiae emendationem repetendam esse exemplis demonstrarem. Ex hoc enim codice ceteros quotquot exstant libros mscr. quasi e communi fonte fluxisse inter omnes hodie constat, qui quidem Hermanni Sauppii, amici doctissimi, epistolam criticam ad Godofredum Hermannum cognitam habent. Alteram vero Lysiae editionem parans nihil antiquius habui quàm ut circumspicerem qui quanta maxima posset fide ac diligentia incorruptoque iudicio denuo excuteret eundem codicem ac pervestigaret, quem non modo exhauserat Immanuel Bekkerus, sed ne recte quidem ubique legerat. Cui negotio quem magis idoneum nanciscerer quam Ludovicum Kayserum, virum et ad quaevis officia pro amicis obeunda promptissimum et in libris manuscriptis perscrutandis versatissimum et Lysiacae dictionis tam gnarum quam qui maxime, eundemque versantem in ipsa codicis sede, ut mihi de scriptura aliqua dubitanti incertoque statim ipso codice inspecto succurrere posse videretur? Rogatus ille non moratus est quin susciperet hoc munus, susceptumque celeriter circumspecteque exegit, quin etiam quod aliis molestum accidisset onerosumque, id summae sibi oblectationi esse affirmavit: nimirum tantum est in hoc viro ac tam candidum litterarum amicorumque studium.

Heidelbergensis libri agnito semel principatu cum iam antea summa ope in eo elaborari oportere intellectum est, ut huius codicis auctoritas, ubicumque per miseram eius condicionem fieri posset, in integrum restitueretur, expellerentur autem quae permulta invecta essent correctoris Laurentiani commenta: tum Kayseri demum collatione luculenter edocti sumus quot quantique errores ab omnibus sint interpretibus inscientibus quidem atque innoxiis propagati, eoque exemplo denuo comprobatum illud, conquiescere artem criticam numquam posse, praesertim in scriptore turpiter corrupto, interpolato, mutilato. Huius ego auctoritatem codicis non singulari virtute sua bonitateque praestantis illius quidem, sed unius tamen omnium fide dignissimi adeo secutus sum, ut si quae vitia in eo reperta essent manifesta, ex eis studerem veram ac genuinam eruere scripturam, in minutiis autem orthographicis quae vocantur ab eo desciscere religioni ducerem. In posteriore igitur editione quoniam tam multa vel ad codicis exemplum vel e mea aliorumve coniectura novavi, operae pretium, immo necessarium esse arbitratus sum huic quoque quasi quoddam supplementum subiungere eius modi, quale fuit illud, quod in Emendationum Lysiacarum fasciculo ad priorem editionem exhibui, neque alienum fore putavi, si e scriptione illa scholastica hoc loco repetissem quae etiam nunc mihi probanda esse viderentur, ita tamen ut alia mutarem, alia additamentis quibusdam augerem. Ad quem libellum cum saepissime provocaverim in editionis meae praefatione, eiusdem paginas in margine huius commentationis notare constitui.

Sed priusquam ad singulos locos examinandos perquirendosque transeo, de illis quas dixi minutiis, de quibus ante codicem nostrum accuratius exploratum nihil certi constabat, pauca praemonenda videntur: neque vereor ne quis me minutae et acriculae diligentiae incuset, si res viliores quidem, sed critico, ut opinor, non quantivis aestimandas in uno quasi conspectu positas infra exprompsero, praesertim cum eae in editione ipsa suis quaeque locis dispersae legantur. De his enim iniquius sentire puto Guil. Dindorfium in novissima editione Demosthenis Teubneriana p. LXIII sq.

Atque elisionem quidem vocalium e nostra collatione planum factum est in vocibus potissimum ὥστε, δέ, ἀλλά saepius non admitti: in ὥστε or. 10 § 13 et 14, or. 13 § 37, or. 19 § 4. 16. 44. 61, or. 25 § 16, or. 30 § 18: in δέ or. 3 § 5, or. 4 § 7 et 8, or. 7 § 7, or. 12 § 61, ubi vox pone δέ requiescit, et § 75, or. 19 § 3 et 47, or. 20 § 8, or. 22 § 20, or. 25 § 18. 29 (utrobique ante iudicum allocutionem). 30: tum in ἀλλά or. 20 § 35, or. 26 § 6, or. 30 § 26. Nec magis in aliis vocabulis vocales fide codicis nostri innixi elidendas putavimus, ut or. 3 § 19 πώποτε ἐνεκάλεσεν, or. 12 § 69 ταῦτα ἅ (ταῦτα sine ἅ habet Pal.) pro vulgato ταῦθ᾽ ἅ, or. 19 (quae omnium maxime hiatibus referta est) § 48 τίμημα οὐδέ, or. 26 § 7 δοκιμασθέντα αὐτόν (δοκισθέντα αὐτόν Pal.), or. 29 § 9 ὑμέτερα αὐτῶν. Habet tamen elisionem Palatinus Kayseri duobus dumtaxat locis, in quibus libri ad hoc tempus editi hiatum tenebant, or. 1 § 19 τότ᾽ ἤδη et or. 20 § 14 τῶν δ᾽ εἰπόντων.

Atque etiam in litteris finalibus vel addendis vel detrahendis codici obtemperandum existimavi, ut in οὕτως ante consonam posito or. 1 § 43 οὕτως περί, or. 3 § 43 οὕτως καὶ ὑμεῖς pro οὕτως ὑμεῖς, or. 7 § 19 οὕτως τολμηρός, or. 10 § 13 οὕτως σύ, or. 12 § 70 οὕτως

(οὐτ h . e. οὕτως Pal.) δέ, or. 25 § 10 οὕτως γάρ, § 14 οὕτως ψευδομένους, § 23 οὕτως διακειμένους, § 27 οὕτως δ ετέθητε, § 31 οὕτως
ῥᾳδίως, or. 27 § 13 οὕτως πείθειν, or. 28 § 7 οὕτως γάρ, § 8 οὕτως τε-
λευτήσας, or. 30 § 33 οὕτως καὶ ὑμᾶς. V. Schaeferus ad Demosth.
p. 13, 21, Froischerus ad Xen. Hier. p. 9, Weberus ad Aristocr. § 34
p. 193. Cadit hoc etiam in νῦ ἐφελκυστικόν, quod in fine enuntiato-
rum antehac additum secundum codicem nostrum delevi or. 12 § 42
ἔπραττε. καὶ τούτων μάρτυρας ὑμῖν παρέξομαι, ubi scribebatur ἔπρατ-
τεν, eiusdem or. § 67 extr. ἀπώλεσε. τιμώμενος, vulgo ἀπώλεσεν, or.
13 § 82 κατέταξε. μήτε, vulgo κατέταξεν, or. 14 § 22 ποιήσουσι. θαυμάζω, ubi scribebatur ποιήσουσιν, or. 31 § 5 extr. τῶν ἀγαθῶν με-
τέχουσι· καὶ γάρ, vulgo μετέχουσιν. Ante leniorem quoque interductum
νῦ ἐφελκ. ad libri principis fidem expunxi in or. 2 § 45 ἕξουσι, περί,
ubi vulgo edebatur ἕξουσιν, or. 12 § 38 εἰθισμένον ἐστί, πρός, ubi vulgo
erat ἐστίν. Quin etiam e continuis verbis, in quae irrepserat littera
illa adducta, nunc demum eam auctoritate Palatini exterminavimus in
or. 10 § 24 ἐλεήσειε Διονύσιον pro ἐλεήσειεν, or. 12 § 27 ἐτύγχανε καὶ
pro ἐτύγχανεν. Quod contra semel e·codice addidi litteram ante vir-
gulam κατεῖπεν, πότερα. V. Bekkeri anecd. III p. 1400, Maetznerus
ad Lycurgi § 76 (p. 210), Frankius ad Aeschinis Tim. § 15, Weberus
ad Aristocr. p. 146. 446 et quae observavit Voemelius in progr. Fran-
cofurtano a. 1853 de ν et ς adductis litteris p. 10, cuius senis eruditissimi suavissimique cum voluptate semper recolo memoriam. Quid
quod papyri etiam Hyperidei nihil invitis codicibus hoc in genere
temptandum esse testantur? V. Schneidewini scholia p. 68 ad p. 24,
17, qui praeterea affert p. 22, 20 ἔπαθεν τὸ παιδίον: ex addendis et
corrigendis adde p. 9, 14 ἀποδώσουσιν καί, p. 10, 1 ἐποίησεν περί,
p. 25, 18 ἐλάμβανεν γυναῖκα, p. 30, 12 ἐστιν τοῖς. Denique littera pa-
ragogica νῦ in τοσοῦτον vel τοιοῦτον ante vocalem deest in codice
nostro or. 3 § 34 εἰς τοσοῦτο ἀμαθίας et or. 7 § 27 οὔτε τοιοῦτο οὔτε
ἄλλο οὐδέν, comparet autem ante consonam or. 6 § 9 εἰς τοσοῦτον δὲ
τόλμης et § 33 εἰς τοσοῦτον δὲ ἀναισχυντίας, omissa eadem ante consonam or. 14 § 2 εἰς τοσοῦτο κακίας. Sic igitur scripsi: neque enim
sententiae accedo Elmslei ad Soph. Oed. R. 734 et ad Eur. Med. 252,
qui formas τοσοῦτο et τοιοῦτο a veteribus Atticis alienas esse iudicavit.
V. Buttmanni gr. Gr. II p. 414, Maetznerus ad Lyc. p. 90, Voemelius
l. d. p. 8.[1]) Sed haec hactenus. Iam transeo ad singulos locos copio-

---

1) Sed continentur in Pal. etiam vitia aperta, quae quidem ad ortho-
graphiam pertinent, qualia sunt Ἴσος (v. Cobeti var. lectt. p. 393 sqq.),
πολίται, λύσαι in infinitivo itemque καταλύσαι et δίψαι, μονννχιάσιν,
πολοστόν alia. V. praef. ed. meae p V. De pronomine reflexivo αὑτοῦ,
αὑτῶν tenendum, id spiritu aspero adiecto nusquam inveniri nisi his septem
locis or. 3 § 20. 36, or. 8 § 19, or. 24 § 16, or. 25 § 9, or. 28 § 10,
or. 30 § 2. Ex qua re perspicitur in Lysiae orationibus emendandis non
solida quadam auctoritate niti alterius utrius formae optionem, sed utra
utri praeferatur vel e certis linguae praeceptis pendere, vel interdum etiam
in solo positum esse criticorum iudicio.

sius pertractandos, atque initio quidem de verbis disputabo, in quibus
cum nullum depravationis indicium habeat codex Palatinus, de mendo
ne suspitio quidem orta est. Sunt haec:

orationis 26 *contra Euandrum*

§ 3 καὶ νυνὶ αὐτὸν ἀ κ ο ύ ο μ ε ν ὑπὲρ τῶν αὑτοῦ κατηγορουμένων διὰ²)
βραχέων ἀπολογήσεσθαι, ἐπισύροντα τὰ πράγματα καὶ διακλέπτοντα
τῇ ἀπολογίᾳ τὴν κατηγορίαν, λέξειν δὲ ὡς πολλὰ εἰς τὴν πόλιν ἀνη-
λώκασι καὶ φιλοτίμως λελειτουργήκασι κτέ. His praedicit orator et
qua ratione sui defendendi et quibus argumentis usurus sit reus: stric-
tim eum ac desultorie de ipsis criminationibus responsurum, ea autem
in medium allaturum quae minus ad ipsam rem pertineant, sumptus in
munera publica impensos et modestiam tota vita exhibitam. Patet igitur non modo illud ἀπολογήσεσθαι verbo λέξειν, sed etiam enuntiatum
alterum alteri respondere. Quod perspiciens Bekkerus in enuntiatione
priore requirit ὑπὲρ μέν. At dixerit quispiam: μέν coniunctione non
minus hic supersedere possumus quam in multis aliis exemplis quae
congesserunt Elmsleius ad Eur. Med. 940, Schoemannus ad Isaeum
p. 202 et 343, Sintenis ad Plut. Per. 4 p. 73, Doberenzius observatt.
Demosth. p. 14 sqq., Maetznerus ad Antiph. p. 171, Weberus ad
Aristocr. p. 147. Verum tamen eorum qui ab his viris doctis afferun-
tur locorum non plane eadem est atque huius nostri ratio. Illic enim
singula orationis membra sibi opposita per se constant, hic tam arto
inter se continentur vinculo, ut ex eodem ambo suspensa sint audiendi
verbo. Sed fuerit levius hoc argumentum, certe, si quid video, pluralis numerus ἀκούομεν ferri nequit. Ad quemnam enim referendum
eum existimamus? Num forte eo una oratorem et senatores compre-
hendi censemus? At probabile non est senatores ad unum omnes
auditione accepisse quo modo Euander se defensurus esset et quas
causas pro se prolaturus, ut eorum qui audiebant animos ab accusatione averteret, neque audiverintne senatores scire potuit is qui verba
fecit, neque opus erat hoc dicere scientibus: saltem tum convenientius
erat ἴσμεν quam ἀκούομεν. Relinquitur ut ἀκούομεν ad solum oratorem referamus. Sed hic usus apud Latinos pervulgatus ut apud poëtas Graecos, Euripidem potissimum, haud infrequens est, ita rarus apud
Xenophontem (v. Kruegerus ad Anab. I 7, 7, G. A. Sauppius ad Comm.
I 2, 46), rarior etiam apud oratores, siquidem Isocratem excipias. At
enim apud ipsum Lysiam or. 7 § 5 qui verba facit εἰ γὰρ μή, inquit,
δι᾽ ἡμᾶς εἰσιν ἠφανισμέναι, οὐδὲν προσήκει περὶ τῶν ἀλλοτρίων ἁμαρ-
τημάτων ὡς ἀδικοῦντας κινδυνεύειν. Hoc loco videtur ille quidem de
se solo loqui, sed videtur dumtaxat. Etenim universe loquitur, neque
se neque alium quemquam audientium pro alienis delictis petendum

---

2) Sic e certa Baiteri coniectura iam in proecdosi edidi pro eo quod
in Pal. legitur ὑπὲρ ὧν αὐτὸν (non αὐτοῦ, ut e Bekkeri silentio colligas)
κατηγορούμεν ὧν διά et quod Laur. habet ὑπὲρ ὧν αὑτοῦ κατηγοροῦμεν
οὐ διά. Bekkerus et duumviri Turicenses scripserunt ὑπὲρ ὧν αὑτοῦ κατηγοροῦμεν, διά.

esse dicens, nisi per se aliumve sublatae sint oleae. Quod ita esse apparet e plurali numero ἠφανισμέναι ad μυρίαι relato. Scilicet orator accusatus erat non quod plures, sed quod unam excidisset oleam sacram. Contra in or. 4 § 7 et 10 et 15 prima numeri pluralis persona dubitare non licet quin vices primae singularis sustineat, eiusdem vero or. § 4 ambiguum certe est pronomina ἡμεῖς et ἡμῶν possintae ad oratorem pariter atque ad Philinum et Dioclem spectare. Omnino autem tenendum orationis quartae causam valde perplexam et obscuram esse, ut taceam eam a Falkio haud temere ab Lysia abiudicatam. Iam vero cum Lysiam fere abstinuisse ab hoc usu constat, tum certum est in-, dubitatumque ubique eum prima singularis persona uti in praemunitione sive occupatione, qua quae adversarium oppositurum esse audivit diluere et elevare studet, et ἀκούω quidem est in nostrae orat. § 16, or. 10 § 30, or. 13 § 55. 77. 85, or. 31 § 27, πυνθάνομαι in or. 6 § 37, or. 13 § 88, or. 30 § 17. Cf. Anaximenis ars rhet. c. 18 p. 44 ed. Sp. τὰ δὲ ὑπὸ τῶν ἀνταγωνιστῶν ἐπίδοξα λέγεσθαι πάλιν ὡς δεῖ προκαταλαμβάνειν ὑποδείξω· ἴσως οὖν ὀδυρεῖται αὐτοῦ πενίαν, ἧς οὐκ ἐγὼ ἀλλ' ὁ τούτου τρόπος ὑπαίτιος ἔσται· καὶ πάλιν πυνθάνομαι αὐτὸν τὸ καὶ τὸ μέλλειν λέγειν. Ex quo efficitur oratorem non scripsisse ἀκούομεν, sed ἀκούω μέν, qua emendatione lucramur illam ipsam particulam μέν, quam si quis non suo loco positam esse arbitretur, cum illa sedem sibi suam post ὑπὲρ τῶν vel post infinitivum ἀπολογήσεσθαι requirere videatur, conferat is nostra in observatt. in oratores Atticos p. 22 et in Vindiciis Lys. p. 30 et quae suppeditavit Maetznerus ad Lycurgum p. 270.[3]) Est autem ea nostri loci natura, ut in altero membro quod sequi debebat ἀκούω δὲ λέξειν pro velocitate cogitandi Graecorum propria contractius et brevius dicatur λέξειν δέ. Sunt igitur inconcinnae huius modi transpositiones, si sola verba spectantur, sin sententia, non sunt.

In eiusdem orationis § 6 extr. restitui iam in priore editione δικαστήριον δὲ παρὰ τοὺς νόμους ἀδύνατον πληρωθῆναι, et πληρωθῆναι quidem ex libris cum Sauppio Baiteroque pro κληρωθῆναι, quod Marklando. obsecutus suscepit Bekkerus. V. Dem. or. 21 in Mid. § 209 δικαστήριον πεπληρωμένον, or. 24 in Timocr. § 92 δικαστήρια πληροῦτε, or. 25 in Aristog. A § 20 τὰ δικαστήρια πληροῦσθαι, ubi ab Reiskio item κληροῦσθαι praeferente recte dissensit Schaeferus, Isaei or. 6 de Philoct. her. § 37 τὰ δικαστήρια ἐπληρώθη, ubi Bekkerus ἐκληρώθη, sed v. Schoemannus, qui eum quoque de quo quaeritur Lysiae locum in censum vocans Marklandi coniecturam refellit. ἀδύνατον autem auctore Tayloro dedi pro δυνατόν, quod sententiae contrarium legitur in

---

3) In hoc genere dici vix potest quam saepe erratum sit, veluti in Isaei or. 1 § 34 vulgo scribitur τὰς μὲν διαθήκας pro eo quod ex optimis libris recipiendum erat τὰς διαθήκας μέν, et in or. 2 § 26 καὶ οὐκ αἰσχύνεται αὐτῷ μὲν τὸν νόμον τὸν περὶ τῆς ποιήσεως ποιῶν κύριον, τῷ δὲ τὸν αὐτὸν τοῦτον ζητῶν ἄκυρον ποιῆσαι neglexerunt omnes quod est in libris AB αἰσχύνεται μὲν αὐτῷ τὸν νόμον.

X: οὐ δυνατόν correxit librarius Laurentianus, cuius inventum probaverunt cum Bekkero Turicenses critici. [4]

Tum § 10 nuper reposui εἰ μὲν βουλεύσων νυνὶ ἐδοκιμάζετο ex auctoritate cod. X, in quo pone μέν deest particula δή, quam addiderunt editores post Reiskium omnes fallaci codicis C testimonio in fraudem inducti. Particula enim, ubi a sententia communi ad rem propositam transgreditur orator, etsi usurpatur alibi, non tamen desideratur. Male eadem in alia causa nescio quo consilio casuve intrusa est in or. 12 § 86 τούτους δὲ δή — οὐκ ἄρα χρὴ αὐτοὺς — κολάζεσθαι; ubi δή nunc delevi propter omnium librorum consensum. Saepius etiam invito libro Pal. οὖν invexerunt vel librarii vel interpretes maxime post μέν, veluti or. 2 § 54 καθ᾽ ἕκαστον μὲν οὖν οὐ ῥᾴδιον, or. 9 § 2 ὅτι μὲν οὖν οὐκ ἐμοῦ καταφρονήσαντες, or. 13 § 62 εἰ μὲν οὖν οὐ πολλοὶ ἦσαν, ubi οὖν a sententia loci abhorret, or. 14 § 3 περὶ μὲν οὖν τῶν ἄλλων Ἀρχεστρατίδης ἱκανῶς κατηγόρησε, or. 17 § 10 ὅτι μὲν οὖν, ω ἄνδρες δικασταί, οὐ παρὰ τὸ δίκαιον ἀξιῶ μοι ψηφίσασθαι τὸ διαδίκασμα. Omnibus his locis nunc libro nostro duce οὖν resecui. Duumviri autem Turicenses quod in Lysiae orationibus neglexerunt, non idem commiserunt in Isocrateis: cautiore enim iudicio omnibus eis locis, quos enumerat Benselerus ad Isocr. Euagorae § 80 p. 100, secundum cod. Urbinatem οὖν ex ordine verborum eiecerunt. Nimirum in transeundi formula non magis opus est particula conclusiva quam in concludendis per pronomina vel adverbia demonstrativa argumentis. V. quae Carolus Sintenis vir amicissimus bene observavit ad Plut. Per. p. 181 sq.

Eiusdem orat. § 13 cum Pal. habeat ἆρ᾽ οὖν οἴεσθε αὐτοὺς χαλεπῶς διακεῖσθαι καὶ ὑμᾶς αὐτῶν αἰτίους ἡγήσασθαι, suspicatus est Paulus Ricardus Muellerus Philol. IX p. 556 scripsisse Lysiam ἆρ᾽ οὐκ ἄν οἴεσθε — διακεῖσθαι καὶ — ἡγήσασθαι, quam suspitionem probabilem mihi videri in calce demum editionis meae indicavi. Quae autem excipiunt verba ὅταν γένωνται ἐν ἐκείνοις τοῖς χρόνοις, ἐν οἷς

---

4) Alibi quoque littera Λ hausta est insequenti Δ, inprimis in vocabulo δίκαιος, veluti or. 9 § 16, ubi e Marklandi coniectura scripsi πάντα περὶ ἐλάττονος ποιοῦνται τοῦ ἀδίκου pro τοῦ δικαίου hoc sensu: 'omnia posthabent iniuriae, i. e. nihil antiquius habent quam ut iniuriam exerceant.' Schottus τὸ δίκαιον, Emperius τὰ δίκαια, denique τοῦ δικαιοῦν cum Dobraeo editores Turic. coll. Hesychio v. δικαιῶσαι, Suida v. δικαιούμενος, Wesselingio ad Herod. V 92. Tale vitium commissum est etiam or. 12 § 57 καίτοι τοῦτο πᾶσι δῆλον ἦν, ὅτι εἰ μὲν ἐκεῖνοι δικαίως ἔφευγον, ὑμεῖς ἀδίκως, εἰ δ᾽ ὑμεῖς ἀδίκως, οἱ τριάκοντα δικαίως, quae communis omnium librorum scriptura, ut putida ταυτολογία evitaretur efficereturque argumentum quod hic requiritur ex contrario, a Sluitero in Lectt. Andoc. p. 251 (p. 163 ed. Schiller.) reficta est hoc modo: εἰ μὲν ἐκεῖνοι ἀδίκως ἔφευγον, ὑμεῖς δικαίως, εἰ δ᾽ ὑμεῖς ἀδίκως, οἱ τριάκοντα δικαίως: quodsi priorem scripturam servare volueris, per me licet emendes εἰ μὲν ἐκεῖνοι δικαίως ἔφευγον, ὑμεῖς ἀδίκως, εἰ δ᾽ ὑμεῖς δικαίως, οἱ τριάκοντα ἀδίκως emendationemque hanc meam iam in ed. priore prolatam secutus est Westermannus. Utramcumque probaveris rationem, sententia eadem manebit.

αὐτῶν πολλοὶ εἰς τὸ δεσμωτήριον ἀπήγοντο καὶ ἄκριτοι ὑπὸ τούτων ἀπώλλυντο καὶ φεύγειν τὴν σφετέραν αὐτῶν ἠναγκάζοντο; idoneo carent intellectu. Haec si eo qui solus excogitari potest modo interpretamur: 'quando in illa tempora relabuntur', sumimus aliquid et extorquemus quod minime verbis illis continetur. Illa enim sententia ut efficiatur scribendum est, ut nunc quidem opinor, aut ὅταν αὖ γένωνται ἐν ἐκείνοις τοῖς χρόνοις, aut καὶ ὑμᾶς τῶν αὐτῶν αἰτίους ἡγήσασθαι ὅσα γεγένηται ἐν ἐκείνοις τοῖς χρόνοις: 'cives vos putabunt earundem calamitatum auctores, quae acciderunt illis temporibus, quibus' et q. s. Marklandus quidem coniecit πάντων αἰτίους ἡγήσεσθαι ὅσα ἐγένοντο, Kayserus πάντων αἰτίους ἡγήσεσθαι ὅσα γεγένηται, in quibus coniecturis comparationis cum temporum illorum indignitate institutae desideratur significatio. Quae causa fuit cur in ed. mea mallem ὑμᾶς αὐτῶν αἰτίους ἥγ. ὅταν ταυτὰ γένωνται (vel γένηται) ἐκείνοις τοῖς χρόνοις.

Paulo post κἀκεῖνο προσενθυμηθῶσιν vulgaris est scriptura pro κἀκεῖνοι προσενθυμηθῶσιν, quod cum habeat Pal. nunc recepi: redit enim orator a multis civium, qui crudelitatem XXXvirorum experti erant (non ab orphanis, quemadmodum in annotatione ad h. l. scripsi) ad omnes cives (§ 12 τὸ ἄλλο πλῆθος τῶν πολιτῶν), ad quos referuntur singulae enuntiationes condicionales ὅταν αἴσθωνται — καὶ πρὸς τούτοις ἴδωσιν. Neque minore iure mihi videor in eis quae instant verbis ὅτι ὁ αὐτὸς οὗτος ἀνὴρ Θρασύβουλος αἴτιος γεγένηται Λεωδάμαντά (habet Λαοδάμαντα X Kaysero teste, ut § 14) τε ἀποδοκιμασθῆναι καὶ τοῦτον δοκιμασθῆναι Kayserum auctorem secutus nomen Θρασύβουλος seclusisse, quippe ab interprete male sedulo ad ὁ αὐτὸς οὗτος ἀνήρ appictum.

Eadem § secuntur haec: ὑπὲρ τούτου δὲ ἀπολογήσασθαι πα-31 ρασκευασάμενος, ὃς ὅπως πρὸς τὴν πόλιν διάκεισθαι καὶ πόσων αἴτιος αὐτῇ κακῶν γεγένηται — ἢ πειθόμενοι πῶς ἂν οἴεσθε διαβληθῆναι. Ita codd. praeter Laur. C, in quo διέκειτο exstat, quod quamvis infinitivo dissimilius tamen recepit Bekkerus ac ne Turicenses quidem critici aspernati sunt. At non solum litterarum similitudo[5]), sed etiam sententiae quamvis lacuna interruptae conformatio me movit ut probarem Scaligeri emendationem διάκεισται. Orator enim Thrasybulo Collytensi (non Stiriensi: v. Sieversii hist.' Gr. a fine belli Pel. p. 106. Hoelscherus de Lysia p. 108 sq.), qui effecerat ut Leodamas archon creatus in examine instituto reprobaretur, Euander autem examen probaret senatui[6]), fidem derogaturus

---

5) Syllabae σθαι et ται permixtae sunt etiam in or. 32 § 21 εἰς δὲ το μνῆμα τοῦ πατρὸς οὐκ ἀναλώσας πέντε καὶ εἴκοσι μνᾶς ἐκ πεντακισχιλίων δραχμῶν, τὸ μὲν ἥμισυ αὐτῶν τίθησι τούτοις λελογίσθαι: quae cum iam ab Reiskio, Dobraeo, Emperio certatim sic emendata essent τὸ μὲν ἥμισυ αὐτῷ τίθησι, τὸ δὲ τούτοις λελόγισται, nuperrime eandem denuo in medium protulit coniecturam Cobetus in orat. de arte interpr. p. 163.   6) Euander archon eponymus sorte creatus est, non rex sacrorum: v. Schoemannus de com. Athen. p. 325. Meierus Proc. Att. p. 207

31 non dicit quam mala et iniqua voluntate superiore tempore fuerit in
rem publicam affectus nec dicere potest — illam enim nequitiam
iste nondum exuit —, sed quam infesto in rem publicam animo sit
etiam nunc. Scelera §§ 23 et 24 huic homini exprobrata superiore
quidem tempore commissa sunt, voluntas eadem mansit. Cum igitur
certissimum est Lysiam scripsisse διάκειται, tum admodum ambiguum, quo pacto sit resarcienda lacuna, qua post γεγένηται perpe-
tuitatem orationis interpellari primus vidit Taylorus, sententia vero
haud obscura: 'qui qua sit in rem publicam voluntate et quot quamque atrocium malorum auctor exstiterit, omnibus notum est civibus:
quare nolite ei fidem habere: alioquin [7]), siquidem fidem habebitis,
quantam infamiam subituros esse vos existimatis?'

32   Obiter moneo in verbis § 14 τότε μὲν γὰρ ὑμᾶς ᾤοντο ὀργισθέν-
τας Λεωδάμαντα ἀποδοκιμάσαι· ἐὰν δὲ αὐτὸν δοκιμάσητε, εὖ εἴ-
σονται ὅτι οὐ δικαίᾳ γνώμῃ περὶ αὐτοῦ κέχρησθε, cum αὐτόν necessario ad Euandrum referatur, αὐτοῦ autem ad Leodamantem re-
deat, illud αὐτόν vitiosum mihi esse videri scribendumque τοῦτον,
praesertim cum pronomen oppositum sit ei quod proxime praecessit
nomini Λεωδάμαντα. Deinde § 19 cum in cod. archetypo ceterisque praeter C depravate scriptum esset καὶ τὸ ἄλογον δοκεῖ εἶναι
παρά τισιν, hoc Turicenses non debebant cum cod. C et Bekkero
mutare in καὶ τὸ ἄλογον δοκοῦν εἶναι, sed potius Stephani erat
lenior emendatio καὶ ὃ ἄλογον δοκεῖ εἶναι amplexanda: id quod
feci in editione mea.

Iam referamus nos ad

orationem sextam,

quae corruptissima est. Duos tamen locos in editione altera e Taylori Lobeckiique et Cobeti coniecturis ita refinxi, ut quin recte emen-
dati sint vix quisquam dubitare posse videatur. Unus est § 4 ἄλλο
τι ἢ ὑπὲρ ἡμῶν καὶ θυσιάσει καὶ εὐχὰς εὔξεται κατὰ τὰ πάτρια
κτέ., ubi Cobetus in comm. philol. I p. 25 e codicum X et GK scriptura θυσιάσουσι verissimam emendationem eruit θυσίας θύσει
(ΘΥCIACOYCI — ΘΥCIACΘΥCEI), qua quidem et forma non Attica
exterminatur et membrorum aequabilitati consulitur ab auctore huius
orationis studiose observatae. [8])

sq. Hoelscherus de Lysia p. 108.   7) Satis frequentata est haec voculae
ἢ vis ac potestas. Cf. si tanti est Lys. or. 3 § 42, or. 25 § 14, Andoc.
or. 1 § 23, Aesch. Tim. § 139, Ctesiph. § 44. De verbis Lys. or. 25 § 1,
quae ex eadem notione aliquando expedienda esse putavi, infra singulatim
explicabitur.   8) Quare in § 32 ἐνθυμουμένους ὅτι ἥμισυς ὁ βίος βιῶ-
ναι κρείττων ἀλύπως ἐστὶν ἢ διπλάσιος λυπουμένῳ, ὥσπερ οὗτος nunc
Stephano auctore edidi ἀλύπῳ, quod ad amussim respondeat verbo λυπουμένῳ, pro eo quod in libris est ἀλύπως. Deinde § 39 οὐ γὰρ ἕνεκα
ἑνὸς ἀνδρὸς ἀλλ' ἕνεκα ἡμῶν ἐξ ἄστεος καὶ ἐκ Πειραιῶς αἱ συν-
θῆκαι ἐγένοντο καὶ οἱ ὅρκοι, ἐπεί τοι δεινὸν ἂν εἴη, εἰ περὶ Ἀνδοκίδου
ἀποδημοῦντος αὐτοὶ ἐνδεεῖς ὄντες ἐπεμελήθημεν, ὅπως ἐξαλειφθείη

Alter locus, cuius salus in libris editis adhuc neglecta iacebat, legitur § 14 καίτοι καὶ ἐν Ἀρείῳ πάγῳ — ὁμολογῶν μὲν ἀδικεῖν ἀποθνήσκει, ἐὰν δὲ ἀμφισβητῇ, ἐλέγχεται, καὶ πολλοὶ οὐδ᾽ ἔδοξαν ἀδικεῖν. Sic enim scribebatur secundum cod. Laur. Ç a Bekkero omnibusque deinceps editoribus. At primum offendiculo est aoristus ἔδοξαν post tempora praesentia ἀποθνήσκει, ἐλέγχεται. Deinde voce πολλοί argumentationis vis et acumen infringitur. Opponitur enim is qui factum confitetur ei qui negat. Ille capitis damnatur, de hoc disceptatur vacetne culpa an non: si innocens inventus fuerit, absolvitur. Quorsum igitur multi? Nonne potius quisque, de cuius innocentia constabat, ab Areopago absolvebatur? Num Areopagus, cuius ab oratore exempli causa mentio inicitur, arbitrio suo multos absolvisse, alios non absolvisse dici potuit? Adde quod h. l. eius modi absolvendi notio requiritur, quae definitius insigniusque opponatur verbo ἀποθνήσκει quam formula οὐδ᾽ ἔδοξαν ἀδικεῖν, qua proprie iudicum designatur sententia de innocentia rei facta. Exploso igitur isto libri Laur. commento videamus quid auxilii afferat codex archetypus. Habet is una cum G καὶ πολλοῦ οὐδὲ δόξαν ἀδικεῖν, in qua scriptura illam ipsam quae postulatur sententiam latere acutissime vidit et Tay-

---

αὐτῷ τὰ ἁμαρτήματα non solum propter oppositionem, sed etiam propter sententiae rationem e Marklandi et Kayseri coniectura scripsi αὐτοὶ ἐνδημοῦντες, coll. § 44 ἡγούμενοι ἀποδημοῦντες μὲν ἀθῷοι καὶ ἐπίτιμοι δόξειν εἶναι, ἐπιδημοῦντες δὲ — πονηροὶ δόξειν καὶ ἀσεβεῖς εἶναι. Tum § 49 καὶ ἐπισταμένος ἐν πολλῷ σάλῳ καὶ κινδύνῳ τὴν πόλιν γενομένην (sic praeter C etiam X Kaysero teste, non γινομένην, quod operae Lipsienses quamvis a me moniti tamen non correxerunt) ναυκληρῶν οὐκ ἐτόλμησεν ἐπαρθεὶς σῖτον εἰσάγων (X, sed εἰσαγαγών cum C editi) ὠφελῆσαι τὴν πατρίδα. ἀλλὰ μέτοικοι μὲν καὶ ξένοι ἕνεκα τῆς μετοικίας ὠφέλουν τὴν πόλιν εἰσάγοντες (X εἰσαγαγόντες)· σὺ δὲ τί καὶ ἀγαθὸν ποιήσας (f. ἐποίησας), ὦ Ἀνδοκίδη, ποῖα ἁμαρτήματα ἀναπλεσάμενος, ποῖα τροφεῖα ἀνταποδούς —. Pro ἐπαρθείς quod nuper proposuit Westermannus ἀποροῦσι cum per se habeat quod reprehendatur (requiritur enim τοῖς ἀποροῦσι vel αὐτοῖς ἀποροῦσι), tum ferri non posse luculenter ostendunt quae sunt contra posita ἕνεκα τῆς μετοικίας. Itaque aut κέρδει ad ἐπαρθείς cum Reiskio addendum, aut ἐπὶ πράσει pro depravato ἐπαρθείς scribendum mihi videtur. Sed quod § 31 idem concinnitatis studium in hac oratione conspicuum nimis premens vir eruditissimus apud Taylorum auctorem scripsisse opinatus est ἃ τούτῳ ὁ θεὸς οὐκ ἐπὶ σωτηρίᾳ ἐπινοῶν δίδωσιν, ἀλλὰ τιμωρούμενος τῶν γεγενημένων ἀσεβημάτων pro ἐπινοεῖν, nihil erat cur a codicum auctoritate recederemus. Sane enim pronomen ἃ quominus ad impletatem (ἀσεβήματα) Andocidis referamus prohibent ea quae continuo secuntur quaeque opposita sunt ἀλλὰ τιμωρούμενος τῶν γεγεν. ἀσεβημάτων. Spectat potius ad ea facinora, quae impietatem Andocidis insecuta sunt, ad vitam vagam profugamque, ad reditum Athenas, alia. Haec enim consilia Andocides a deo occaecatus et in θεοβλάβειαν et errorem divinitus ex communi veterum opinione (v. interpretes ad Dem. Phil. III § 54 p. 124, 26, inprimis Iacobsius p. 394 sq. et ad Aesch. Ctes. § 133, Maetznerus ad Lycurgum p. 235, Naegelsbachius theol. Hom. p. 66 sq. et p. 273) praeceps actus sibi quasi meditando excogitavisse perhibetur: ἐπινοεῖν igitur recte se habet, ut opposita sint ἐπὶ σωτηρίᾳ et τιμωρούμενος τῶν γεγενημένων ἀσεβημάτων.

lorus (ut sero animadverti) in annotationibus posterioribus ad Lys. ed.
Reisk. vol. IV p. 54 et post illum Lobeckius Aglaoph. p. 1094. Scribendum. enim perspexerunt καὶ ἀπολύεται οὐδὲν δόξας ἀδικεῖν:
et sic nuperrime dedi.
Iam de aliis quibusdam eiusdem orationis locis disserere placet.
§ 4 φέρε γάρ, ἂν νυνὶ Ἀνδοκίδης ἀθῷος ἀπαλλαγῇ ἡμῶν ἐκ τοῦδε
τοῦ ἀγῶνος. Ita vulgo editur, quamquam in X ceterisque libris est
ἡμᾶς (ὑμᾶς in solo G), quod ex ἡμῶν natum esse persuadere mihi non
possum. Praeterea alterutrum satis erat posuisse aut ἡμῶν aut ἐκ
τοῦδε τοῦ ἀγῶνος, ut praetermittam tum ὑμῶν rectius scripturum fuisse
oratorem: iudicum enim est absolvere reum, non actoris. Denique
illud quod in proxima enuntiatione dictum est ὑπὲρ ἡμῶν, in hac oppositum habeat aliquid necesse est, id autem in ἡμῶν non inesse patet.
Qua ratione ductus correxi δι᾽ ἡμᾶς, ʽnostra causa s. culpa' (i. e. et
iudicum et nostra actorum), de quo usu praepositionis διά cum accusativo iunctae uberius exposui in Vindd. Lys. p. 60. Sententia haec
est: ʽage vero, si Andocides absolutus discesserit ex hoc iudicio nostra
culpa, — pro nobis iste sacra faciet, vota persolvet' et q. s. — § 20
ἐλπίζω μὲν οὖν αὐτὸν καὶ δώσειν δίκην, θαυμάσιον δὲ οὐδὲν ἄν μοι
γένοιτο. οὐδὲ γὰρ (ita ego cum Reiskio scripsi pro οὔτε γὰρ) ὁ θεὸς
παραχρῆμα κολάζει, ἀλλ᾽ αὕτη μέν ἐστιν ἀνθρωπίνη δίκη. πολλαχό-
θεν δὲ ἔχω τεκμαιρόμενος εἰκάζειν, ὁρῶν καὶ ἑτέρους ἠσεβηκότας χρόνῳ
δεδωκότας δίκην καὶ τοὺς ἐξ ἐκείνων διὰ τὰ τῶν προγόνων ἁμαρτήματα. ἐν δὲ τούτῳ τῷ χρόνῳ δέῃ πολλὰ καὶ κινδύνους ὁ θεὸς ἐπι-
πέμπει τοῖς ἀδικοῦσιν, ὥστε πολλοὺς ἤδη ἐπιθυμῆσαι τελευτήσαντας
τῶν κακῶν ἀπηλλάχθαι. ὁ δὲ θεὸς τέλος τούτων (τέλος τούτῳ libri)
λυμηνάμενος τῷ βίῳ θάνατον ἐπέθηκε. Haec si vera esset scriptura,
deus tandem aliquando miseriis angoribusque impiorum hominum morte
immissa finem imponere diceretur. Qua re gratum faceret sceleratis
hominibus, qui ipsi morte malis suis se liberari cupiunt, ὥστε πολλοὺς
ἤδη ἐπιθυμῆσαι — ἀπηλλάχθαι, efficeretque ut poenam ipsam subter-
fugerent: id quod adversa fronte repugnat ei quae supra prolata est
sententiae, sceleratos quamvis lento et sero, aliquando tamen dare
poenas. Terrores enim et discrimina divinitus immissa pro suppliciis
ipsis habenda non esse cum per se intellegitur, tum id argumento est,
quod illa mala interea (ἐν τούτῳ τῷ χρόνῳ) h. e. per illud tempus,
quo sacrilegiorum nondum poenas subierunt rei, a deo plerumque im-
mitti dicuntur. Iam vero orator cum Andocidem aliquando a deo puni-
tum iri ex multis aliis documentis colligat, h. l. dicere nullo modo
potest alios nefarios homines antequam supplicio afficerentur molestiis
et terroribus diu multumque temptatos, morte, quam subire ipsi maximo
desiderio cupivissent, a deo poenae tandem subtractos esse: immo
vero asservati ad meritam poenam dici debebant. Consequens est contrarium scriptum fuisse antiquitus atque quod nunc in libris circumfertur.
Et ad sententiam quidem apte Reiskius voluit ὁ δὲ θεὸς οὐδὲ τέλος:
sed magis in promptu est corrigere οὐδὲ ὁ θεὸς τέλος τούτων λυμη-

νάμενος τῷ βίῳ θάνατον ἐπέθηκε.⁹) — § 29 καταπλεύσας δὲ ἐκεῖθεν δεῦρο εἰς δημοκρατίαν εἰς τὴν αὐτοῦ ¹⁰) πόλιν κτέ. Haec interpretatur Reiskius εἰς τὴν ἑαυτοῦ πόλιν νῦν ἤδη δημοκρατουμένην. At ne absurdior quidem scriptor quam qualem se praestat auctor huius orationis composuisset καταπλεῖν εἰς δημοκρατίαν, cuius dictionis stabiliendae causa comparari non possunt quae supra leguntur § 19 ἵνα ἀφικόμενος εἰς τὰ ἁμαρτήματα ἐπὶ τῇ ἐμῇ προφάσει δῴη (in Lysiae oratione δοίη necessarium fuisset) δίκην. Nam haec in obscuritate rei num ipsa quoque vitio careant, et, si carent, quem habeant intellectum ¹¹) dubium est. Sed esto: dixerit nominis Lysiaci aemulator καταπλεύσας εἰς δημοκρατίαν, ne iste omnium ineptissimus fuisset, si εἰς δημοκρατίαν εἰς τὴν αὐτοῦ πόλιν consarcinare animum induxisset: illud enim εἰς δημοκρατίαν condicionem rei publicae indicat, hoc εἰς τὴν αὐτοῦ πόλιν ipsam rem publicam sive locum. Quare Taylorus correxit εἰς δημοκρατουμένην τὴν ἑαυτοῦ πόλιν, Kayserus οὔσης δημοκρατίας εἰς τὴν ἑαυτοῦ πόλιν coll. or. 7 § 27 idque recte ad sententiam. Proclivior tamen emendatio est, quam ego adhibui ἐπὶ δημοκρατίας εἰς τὴν αὐτοῦ πόλιν. Praepositiones enim ἐπὶ et εἰς interdum permutatas esse nemo est quin sciat: v. annot. in apparatu crit. ad Demosth. p. 1099, 22 et p. 1100, 14. Atque eadem ratione de priore Andocidis reditu locutus est personatus Lysias § 27 κατέπλευσεν εἰς τὴν ἑαυτοῦ πόλιν ἐπὶ τῶν τετρακοσίων. Ita enim hunc locum e Taylori coniectura correxi, cum ἐπ᾽ εἰ habeat X, ceteri vel ἐπεὶ vel ἐπειδή: tum post eadem verba lacunam esse statui sic fere complendam ἐπὶ τῶν τετρακοσίων. τοσαύτην δὲ αὐτῷ τῶν ἀσεβημάτων (vel ἀδικημάτων) θεὸς λήθην ἔδωκεν, ὥστε κτέ. scripserunt κατέπλευσεν εἰς τὴν ἑαυτοῦ πόλιν, ἐπεὶ τῶν τετρακοσίων θεὸς λήθην ἔδωκεν. At ut alia omittam, nihil aliud designare potest λήθην διδόναι τινός, nisi oblivionem alicuius rei hominisve inicere i. e. efficere ut aliquis obliviscatur alicuius rei vel hominis. Quale fere illud est Isocratis or. 5 § 37 αἱ γὰρ ἐν τοῖς παροῦσι καιροῖς εὐεργεσίαι λήθην ἐμποιοῦσι τῶν πρότερον ὑμῖν εἰς ἀλλήλους πεπλημμελημένων. — § 42 ἴσως οὖν καὶ Κηφισίου ἀντικατηγορήσει, καὶ ἕξει ὅ τι λέγειν· ¹²) τὰ γὰρ

---

9) Hanc tamen emendationem in ordine verborum non magis expressi quam quod § 6 suspicatus sum scripsisse auctorem orationis βασιλέας πολλοὺς κεκολάκευκεν, ὅτῳ οὖν ξυγγεγένηται, πλὴν τοῦ Συρακοσίου (si Lysiae orationem esse putassem, correxissem Συρακοσίου) Διονυσίου pro ᾧ ἂν ξυγγένηται, in qua scriptura primus, quod quidem sciam, offendit Rauchensteinius, qui voluit ὅσοις ξυγγεγένηται. 10) Ita pro vulg. τὴν ἑαυτοῦ emendavi in ed. altera, quod in X Kayserus invenit τὴν αὐτοῦ. 11) V. quae ad h. l. iu ed. alt. annotavi. Illic commemorare poteram coniecturam Marklandi ἐπὶ τιμῆς προφάσει coll. Andoc. or. 2 § 13 κατέπλευσα μὲν γὰρ ὡς ἐπαινεθησόμενος ὑπὸ τῶν ἐνθάδε προθυμίας τε ἕνεκα καὶ ἐπιμελείας τῶν ὑμετέρων πραγμάτων. 12) Sic edidi cum Baitero Sauppioque ex emendatione God. Hermanni de part. ἄν p. 130 pro λέγει, quod libri obtinent, et λέγῃ, quod scripsit Bekkerus. Ad eandem ego normam e Pal. nuper restitui in or. 31 § 9 οὐδ᾽ ἔστιν ὅπου ἑαυτὸν ὑμῖν τάξαι παρασχεῖν pro vulgato παρέσχε.

ἀληθῆ χρὴ λέγειν. ἀλλ' ὑμεῖς ο ὐ κ ἂν δύναισθε τῇ αὐτῇ ψήφῳ τόν τε
ἀπολογούμενον καὶ τὸν κατηγοροῦντα κολάσαι. Haec scriptura, quae
est in codd. CGM, a Bekkero suscepta omnes deinceps occupavit libros
editos: contra in Pal. legitur ο ὐ δ' ἂν δύναισθε, idque ut opinor recte.
Inest enim tecta, quaedam praeteritio. 'Ille' inquit orator 'fortasse
etiam ipsum Cephisium accusatorem accusabit, neque id iniuria. Sed
hoc in praesentia quidem nihil ad rem: itaque omittamus. Nam vos
ne poteritis quidem (etiamsi volueritis) reum (Andocidem) et accusatorem (Cephisium) eadem sententia condemnare.' Cum enim id absonum sit, accusatorem una cum reo eadem sententia condemnare, tum
ne fieri quidem potest. 'De Cephisio autem' pergit 'deinceps vide-
bimus.'

        Quod hoc loco feci codicis ope, ut οὐδέ in locum vocis οὐκ suffi-
cerem, idem nescio an etiam sine codicis assensu faciendum sit or. 2
§ 13 ¹³) ἐπιστρατεύσαντος δ' Εὐρυσθέως — ο ὐ κ ἐγγὺς τῶν δεινῶν
γενόμενοι μετέγνωσαν, ἀλλὰ τὴν αὐτὴν εἶχον γνώμην ἥνπερ πρότερον.
Videtur enim et ob linguae rationem et ob sententiae conformationem corrigi oportere ο ὐ δ' ἐγγὺς τῶν δεινῶν. Auctor enim epitaphii si scripsisset
οὐκ, procul dubio collocasset hanc particulam ante μετέγνωσαν. Deinde
verborum ἐγγὺς τῶν δεινῶν γενόμενοι vis efferenda erat, ut ea superioribus opponerentur: alioquin auctor temere ea ac praeter necessitatem adiecisse putandus esset. Eurystheo enim cum hostili exercitu At-
ticae appropinquante appropinquasse periculum per se patet. Quaeritur potius utrum Athenienses, cum superiore tempore Eurystheo re-
poscenti Herculis liberos tradere recusassent neque suum periculum
extimuissent, ne tunc quidem, cum ipsum periculum comminus
urgebat, sententiam suam mutaverint.

---

13) Epitaphii cum iam in procdosi complures locos emendassem, tum
in editione altera codicis Palatini vestigia secutus mutavi hos: § 2 πανταχῇ
e X Kayseri pro πανταχοῦ, § 3 γνώμαις e X 'sapienter dictis virorum ex-
cellentium' pro μνήμαις, § 4 ἐνομίζοντο δέ pro ἐνομίζοντο, § 6 περὶ καὶ
λοιπῶν ἄμεινον βουλεύσασθαι e X cum Westermanno pro ἄμεινον περὶ
τῶν λοιπῶν βουλ., ibd. τὴν ἑαυτῶν δικαίως e X Kayseri pro τὴν αὐτῶν
δικ., § 7 δοῦναι τῶν e X cum Westermanno pro δοῦναι τὴν τῶν, § 10
ὦνπερ ἕνεκα e X Kayseri pro ὦνπερ ἕνεκα, § 15 τοὺς ἱκέτας αὐτῶν e X
eum Westermanno pro τοὺς ἱκέτας παρ' αὐτῶν, § 21 δουλώσεσθαι e X
Kayseri pro δουλώσασθαι (coll. § 36), § 23 ταῦτα διενοοῦντο e X pro
τοιαῦτα διεν., § 34 οὐκ ἂν ἰδῶν e X Kayseri pro ἰδὼν οὐκ ἄν, § 42
τῶν ἄλλων συμμάχων e X pro τῶν ἄλλων ἁπάντων συμμ., § 44 τειχι-
ζόντων e X pro διατειχιζόντων, § 45 ἕξουσι e X Kayseri pro ἕξουσιν,
ibd. e X θαλάσσης pro θαλάττης, ut § 59 θάλασσαν pro θάλατταν, § 54
μὲν οὔ e X Kayseri pro μὲν οὖν οὔ (v. supra), ibd. ἢ λόγος ἢ χρόνος e X
Kayseri pro ἢ χρόνος ἢ λόγος, § 65 οἵοί τε e X Kayseri pro οἷοί τ', ibd.
ἐγίνοντο pro ἐγένοντο, § 69 τήν τε ἐκείνων pro τήν τ' ἐκ. Quorum locorum multitudine, qua sane non minor est in aliis orationibus, documento usus
sum, ut quot mendis maxime ante accuratiorem archetypi notitiam laboras-
sent Lysiae verba ostenderem. Praeterea in Epitaphii § 21 Ἕλληνας Emperio suasore uncinis circumclusi, cum non omnes Graeci, sed soli Athenienses a sociis deserti dicantur.

Orationis septimae

§ 18 εἰ τοίνυν καὶ ταῦτα παρεσκευασάμην, πῶς ἂν οἷός τ᾽ ἦν πάντας πεῖσαι [τοὺς παριόντας, ἢ] [14]) τοὺς γείτονας, οἳ οὐ μόνον ἀλλήλων ταῦτ᾽ ἴσασιν ἃ πᾶσιν ὁρᾷν ἔξεστιν, ἀλλὰ καὶ περὶ ἂν ἀποκρυπτόμεθα μηδένα εἰδέναι, καὶ περὶ ἐκείνων πυνθάνονται; Cum Graecum non sit ἀποκρυπτόμεθα μηδένα εἰδέναι, G. A. Hirschigius coniecit scripsisse Lysiam ἀποκρυπτόμεθα καὶ οἰόμεθα μηδ. εἰδ., quae coniectura a Rauchensteinio probata ut a sententiae ratione admodum commendatur, ita minus commendatur a facilitate emendationis. Accedit quod perquam dura molestaque prodit sermonis structura. Nam si verba περὶ ἂν ἀποκρυπτόμεθα posita esse statuimus pro περὶ ἐκείνων ἃ ἀποκρυπτόμεθα, illud quod post exiguam intercapedinem sequitur καὶ περὶ ἐκείνων otiose ac prope importune infertur. Ut praetermittam illo Hirschigii remedio diffusiorem evadere Lysiae orationem. Mihi quidem dubium non est quin Lysiae manum repraesentaverim, cum ex uno verbo depravato effecerim duo, ita scribens περὶ ἂν ἀποκρυπτόμενοι οἰόμεθα μηδένα εἰδέναι. Librarius enim sive visu oculorum ab uno verbo ad alterum aberrans seu compendiorum parum curiosus aut gnarus ambo conglutinavit. Hac emendatione vides duritiem illam structurae et importunitatem supra a nobis notatam commodissime removeri: περὶ ἂν enim cum verbis μηδένα εἰδέναι coniungendum est.

Breviter et carptim moneo in aliis eiusdem orationis locis similibus litterarum ductibus vocabula quaedam per sententiam necessaria absorpta esse, veluti § 2 νυνί με σηκόν [φασιν] ἀφανίζειν, οἰόμενοι ἐμοὶ — ἀπειλέγξαι, ubi in ed. alt. praeterquam quod edidi οἰόμενοι pro ἡγούμενοι, quod supra illud verbum a secunda manu exaratum habet X, atque ἀπελέγξαι e coniectura Rauchensteinii et Westermanni (Comm. crit. IV p. 4) pro ἀποδεῖξαι frustra olim a me in Vindd. Lys. p. 9 sq. defenso, etiam ante ἀφανίζειν secundum Marklandi suspitionem inserui φασιν [16]), quod ante σηκόν collocari volebat Kayserus. — Deinde § 14 εἴ τι τούτων ἔπραττον, [ἂν] πολλὰς ἂν καὶ μεγάλας ἐμαυτῷ ζημίας γενομένας ἀποφήναιμι interponendum conieci ἂν in Vindd. Lys. p. 20. Quae coniectura ita forsitan perficiatur, ut etiam αὐτὸς adiciatur pone πολλὰς ἂν ('ille non facile possit demonstrare me eorum periculorum fuisse ignarum, quae a vobis mihi imminerent, si tale facinus ausus essem, ex quo ipse demonstrare possem multa et magna in me redundatura detrimenta'). Alii aliter lacunam resarciendam arbitrati sunt: ἐγὼ δὲ τοὐναντίον πολλὰς ἂν Hamakerus, ἐγὼ δὲ πολλὰς ἂν Kayserus, πολλὰς δ᾽ ἂν Emperius, πολλὰς γὰρ ἂν Baiterus Sauppiusque. — Non minus § 25 ὥσπερ [καὶ τὴν πατρίδα] καὶ τὴν ἄλλην οὐσίαν nunc καὶ τὴν πατρίδα de coniectura Kayseri, qui tamen καὶ

---

14) Haec in ed. alt. Dobraeo et Kaysero auctoribus seclusi: v. Hamakeri quaestt. de Lysia p. 14, qui tamen τοὺς περιοικοῦντας γείτονας scribendum proposuit coll. § 20. 15) Similem simili modo complevi sermonis hiatum in or. 6 § 31, ubi cum libri teneant τὸ τὸν βίον, in observatt. in oratores Att. p. 50 addendum censui βιοῦν, quod excidit ob similitudinem proximi vocaboli βίον.

omisit, addidi cum Westermanno coll. or. 3 § 32. 38. — Tum § 30
pro *περὶ ὧν αὐτοὶ σύνιστε* suspicatus sum scribendum esse *περὶ ὧν
αὐτοὶ οὐδὲν σύνιστε ἐμαυτῷ* post Kayserum, qui *περὶ ὧν αὐτοὶ οὐδὲν ἐμοὶ σύνιστε* coll. § 22 et or. 13 § 18. — Mox § 35 reposui nunc
δοκεῖ δεινὸν εἶναι e codice Veneto, cuius librarium, cum describe-
bat codicem Palatinum, non fugiebat quid involutum lateret in manca
seu potius contracta exempli sui scriptura *δοκεῖν εἶναι*, ubi fere
per eundem errorem, quem supra in *ἀποκρυπτόμεθα* aperuisse et
sustulisse nobis videmur, duo vocabula in unum coaluerunt. Nam
quae de eodem loco olim commentatus seu potius commentus sum
Vindd. Lys. p. 29 sq., ut vulgatam lectionem *ἐμοὶ δὲ δοκεῖ εἶναι*
3 tuerer, ea nunc ipse improbo. — Denique in § 39 *ἐγὼ μὲν ὑμᾶς
ἡγοῦμαι ὅτι Νικόμαχος ὑπὸ τῶν ἐχθρῶν πεισθεὶς τῶν ἐμῶν τοῦτον
τὸν ἀγῶνα ἀγωνίζεται*, quemadmodum exstat in X, infinitivum deesse manifestum est: sed quem cod. Laur. C post *ἡγοῦμαι* additum
habet *νομίζειν*, eum neque sententiae neque syntaxis rationi con-
venire praeclare vidit H. G. Hamakerus in quaestt. de nonnullis
Lysiae orat. p. 22 (cf. quae annotavi Vindd. Lys. praef. p. XIV) scribendumque coniecit *ἐγὼ μὲν ἐγνωκέναι ὑμᾶς ἡγοῦμαι ὅτι κτἑ.*,
quod in editione mea reponendum curavi. Kayserus tamen in nun-
tiis doct. Monac. *ὑποπτεύειν*, in annalibus litt. Heidelb. (1854. 15
p. 234) *ᾐσθῆσθαι* post *ἐγὼ μὲν* subici voluit.

At sententiam de § 37 *περὶ ἐμοῦ μὲν γὰρ εἰ ἔλεγον, οὐδ' ἂν
ἀπολογήσασθαί μοι ἐξεγένετο· τούτῳ δ' εἰ μὴ ὡμολόγουν ἃ οὗτος
ἐβούλετο, οὐδεμιᾷ ζημίᾳ ἔνοχος ἦν* a me propositam nunc retracto.
Ostendit reus, qui servos suos torquendos obtulerat Nicomacho ac-
tori, dispar fuisse sibi et adversario in quaestione per tormenta periculum. De se enim si quid edixissent, quod culpam suam argue-
ret, ne se defendere quidem sibi licere. Haec vero sententia non
inest in simplici verbo *ἔλεγον*. Etenim cum *λέγειν περί τινος* nihil
aliud valeat quam dicere de aliquo, perspicuum est mente addi non
posse *κακόν* vel *δυσχερές*, quod nescio quo iure addendum esse
sumpserunt Reiskius et Rauchensteinius. V. Kayserus ann. Heidelb.
1854. 15 p. 233, qui tale quid excidisse suspicatur, quale *ἔλεγον
καὶ παρὰ τὴν ἀλήθειάν τι*, quod si certiore fundamento quam sola
sententiae opportunitate niteretur, probare non dubitarem. Iam vero
quia mera opinatio est quamvis ingeniosa, in librorum fide nihil ful-
cri habens, equidem pro *ἔλεγον* reponere conatus sum *ἤλεγχον* hoc
sensu: 'de me enim si servi in quaestione arguissent sive convicis-
sent, i. e. me si torti in culpa esse edixissent.' Sed cum neque is
quem contuli locus Lycurgi Leocr. § 33 *οἵ τ' ἐξελέγχοντες τῷ ἔργῳ*
cum hoc nostro prorsus congruat, et verborum constructio durior
esse videatur, fateor me festinationis nunc paenitere, qua *ἤλεγχον*
in ordinem verborum recepi.[16]) Nihilo minus de certa emendatione

---

16) Per hanc occasionem alios quosdam errores a me admissos per-
stringam. Or. 29 § 7 *ὥστε Θρασυβούλου στρατηγοῦντος καὶ Ἐργοκλέους*

mihi non constat. Bekkeri quidem ratio, qui verba ἃ οὗτος ἐβούλετο post ἔλεγον transponi voluit, probabilior videtur, praesertim cum pronomen τούτῳ — οὗτος tam parvo repetitum intervallo ingrate ad aures accidat.

De oratione octava.

Octava oratione cum nulla sit mendis lacunisque inquinatior, nulla salebrosior, nulla intricatiore atque obscuriore contineatur argumento, in singulis paene enuntiationibus offensus haesi. Ac multorum quidem emendatio locorum vel omnino non cessit vel dubia fuit atque incerta.[17] Ulcus tamen § 17 insidens nisi fallor sanari potest: κατὰ τί δή, inquit orationis scriptor, ταῦτα οὐκ ἐφυλαττόμην; εὐηθές τι ἔπαθον. ᾤμην γὰρ ἀπόθετος ὑμῖν εἶναι φίλος τοῦ μηδὲν ἀκοῦσαι κακὸν δι᾽ αὐτὸ τοῦτο, διότι πρὸς ἐμὲ τοὺς ἄλλους ἐλέγετε, παρακαταθήκην ἔχων ὑμῶν παρ᾽ ἑκάστου λόγους πονηροὺς περὶ ἀλλήλων. Ita Bekkerus et critici Tur., nisi quod hi e Laur. C initio scripserunt κατὰ τί δή ποτε (κατὰ τί δή τι X). Cum autem ἐλέγετε simpliciter cum accusativo personae coniungi nequeat, ei qui istam scripturam retineri volunt e superioribus verbis ἀκοῦσαι κακόν necesse est ad ἐλέγετε apud animum repetant κακόν, ut ea conficiatur sententia, quam flagitari nemo non videt: 'opinabar me amicum vobis esse quasi sacrosanctum, ita ut numquam male a vobis auditurus essem, propterea quod coram me vos aliis saepe maledicentes audissem.' At vero ex negativis illis μηδὲν κακόν fieri non potest ut ad ἐλέγετε solum κακόν affirmativum intellegatur.

αὐτῷ διαφερομένου ἐθελοντὴν ὑποστῆναι τριήραρχον, temere oboedivi Tayloro, qui pro τριήραρχον maluit τριηραρχίαν, quemadmodum supra dictum est § 4 ἐθελοντῆς ὑπέστη ταύτην τὴν λειτουργίαν. At τριήραρχον ὑποστῆναι 'se sistere trierarchum (sich als Trierarch stellen)' satis tuetur Demosthenes in Mid. § 68 et 69 χορηγὸς ὑπέστην, idemque or. 37 § 57 οὐδὲ πρατῆρα ἠξίωσας ὑποστῆναι. V. Schaeferus ad p. 536, 20. — Tum or. 34 § 7 pro ἐὰν μὲν πείθω festinantius scripsi me malle ἐὰν μὴ πειθώμεθα: volebam ἐὰν μὲν πειθώμεθα 'si persuaderi nobis a Phormisio patimur': ἐὰν μὴ πείθω Stephanus: ἐὰν πεισθῶμεν Marklandus. Subinde calidiore studio correxi ὁρῶ δὲ καὶ Ἀργείους — οὐδὲ τρισχιλίους ὄντας, in quibus καί particula certe non opus est. — De or. 19 § 50 infra dicetur.   17) Sed aut iam probavi viris doctis aut fortasse probabo has emendationes, quas simpliciter enumeraturus sum hoc loco rationibus non adiunctis: § 1 conieci ἐγκαλῶ pro ἐπεγκαλῶ et τοῖς μὲν γὰρ οὐδὲν οἶμαι μελήσειν pro τοῖς μὲν γὰρ οὐδὲν οἶμαι τιμήσειν (τοὺς μὲν γὰρ παρ᾽ οὐδὲν οἶμαι τιμήσειν Emperius, τοῖς μὲν γὰρ οὐδὲν οἶμαι διοίσειν Westerm.). § 3 τάχα δὴ βοηθῶν τούτοις (incusatis), οἷς (quibus rebus) ἐξημάρτηκε προφασιν πορίσηται τῆς ἁμαρτίας. § 4 scripsi οὐδ᾽ ἂν ὑμῖν ἐπικαλῶν ὅ τι ἐλέγετε κατ᾽ ἐμοῦ, ταὐτὰ λέξαιμι. § 7 οὐδ᾽ αὖ ὑμᾶς μὲν πλουτοῦντας, ibd. πόθεν ἂν οὖν εἰκότως ὑμᾶς ὑπώπτευον, quam correctionem meam in ed. sec. praeoptavi alteri, 'qua pronomine ὑμᾶς omisso συννῶντας scribendum esse suspicatus sum. Neque enim quisquam, quod ipse consuetudinem cum aliquo habet, gravate ferre dicitur, sed quod alii secum.' § 11 ἀντιλέξειν. § 13 ἔπειτα (quod cum indignatione interrogantis est) κέρδος ἦν. § 19 ἀλλ᾽ ὡς εὐνοοῦντες (v. Benselerus de hiatu p. 183) pro ὡς εὖνοι ὄντες. Libri enim ὡς εὖνους ὄντες. De forma v. quae ad h. l. animadverti.

2

Deinde cum vix usquam alibi legatur κακὸν λέγειν τινά, tum hac in
oratione, quae ipsa versatur in maledictorum exprobratione, vulgaris
locutio et usitata κακῶς λέγειν τινά deciens repetitur §§ 3. 6. 14 (ter).
16. 19 (ter). 20. Facile igitur suspicere hoc quoque loco eadem locutione usum fuisse scriptorem, modo in spectatae fidei codice vestigium
reperiatur, quo illa suffulciatur suspitiq. Iam vero in ipso librorum
Lysiacorum principe sic exstat scriptum: διότι πρὸς ἐμὲ τοὺς ἄλλους
ἐλέγετε, καὶ παρακαταθήκην ἔχων: quod quid aliud est quam διότι
πρὸς ἐμὲ τοὺς ἄλλους ἐλέγετε κακῶς, παρακαταθήκην ἔχων, et sic
edidi. Codicis autem Laur. auctor, qui particula καί constructionem
turbari videret neque haberet quo eam aut explicaret aut ad originem
revocaret suam, omnino eam omisit, illiusque exemplum secuti sunt
interpretes omnes.

De orationibus decima et undecima.

Quoniam undecimam orationem, siquidem eo nomine digna est, e
decima excerptam esse constat, alteram alteri lucem afferre consentaneum est. Quare ego or. 10 § 4 e coniectura E. Zielii in diurnis antiq.
a. 1844 p. 415 prolata primus correxi ταύτην δὲ ἔχων τὴν ἡλικίαν οὔτε
τί ἔστιν ὀλιγαρχία ἠπισταμην pro eo quod libros omnes occupaverat
οὔτ᾽ εἰ ἔστιν cum propter ipsius sententiae rationem tum vero etiam
propter verba or. 11 § 2 ex hoc loco expressa οὐδ᾽ ὅ τι ὀλιγαρχία ἦν
ᾔδειν. — Deinceps or. 10 § 7 Rauchensteinii monitu nuper δεῖν post
οἶμαι interposui in his verbis ἐγὼ δ᾽ οἶμαι ὑμᾶς, ὦ ἄνδρες δικασταί,
οὐ περὶ τῶν ὀνομάτων διαφέρεσθαι ἀλλὰ τῆς τούτων διανοίας, καὶ
πάντας εἰδέναι ὅτι, ὅσοι [ἀπεκτόνασί τινας, καὶ ἀνδροφόνοι τῶν αὐτῶν εἰσι, καὶ ὅσοι] ἀνδροφόνοι εἰσι, καὶ ἀπεκτόνασί τινας, cum or. 11
§ 3 legantur haec: ἐγὼ δ᾽ οἶμαι δεῖν οὐ περὶ τῶν ὀνομάτων διαφέρεσθαι, ἀλλὰ περὶ τῆς τῶν ἔργων διανοίας — καὶ ἀπεκτόνασι τοῦτον
(libri τουτονί), e quibus quidem non solum ad or. 10 § 7 omnia ea
accesserunt, quae uncis sunt et a criticis Tur. et a me circumdata
ἀπεκτόνασί τινας — καὶ ὅσοι, sed etiam conicere forsitan quis possit
pro τῆς τούτων διανοίας scripsisse Lysiam τῆς τῶν ἔργων διανοίας,
praesertim cum § 10 verbis subtiliter luculenterque τὰ ἔργα opponantur, quorum causa homines nomina usurpent: εἴπερ μάχη τοῖς ὀνόμα-
σιν, ἀλλὰ μὴ τοῖς ἔργοις τὸν νοῦν προσέξεις, ὧν ἕνεκα τὰ ὀνόματα
πάντες τίθενται, quamquam hanc certam esse coniecturam minime
praestiterim. — Itemque nuper or. 10 § 13 per interrogationem edidi
οὐκ οὖν δεινόν — οὐκ ἀξιοῖς δίκην; pro οὐκοῦν δεινόν — δίκην.,
quod in libris editis hucusque vulgatum est. Nam et Pal. Kayseri οὐκ
οὖν divisim exaratum exhibet [18]) et in epitomes § 6 manifestius etiam
interrogationem indicandam sibi putavit rhetor ita scribens: πῶς οὖν
οὐ δεινόν. — Non minus in or. 10 § 26 secundum geminum locum or.

18) Recte in eodem οὐκ οὖν legitur etiam or. 12 § 36 et or. 13 § 87,
atque ego or. 33 § 11 de meo scripsi hoc modo. His locis Bekkerus οὐκοῦν
dedit.

11 § 9 substitui *μηδ' ὑβρίζοντί* τε *καὶ λέγοντι* vulgatae scripturae *καὶ ὑβρίζοντι καὶ λέγοντι*, quam meam emendationem in ed. priore proposuitam assensu suo Kayserus probavit, secutus est in editione sua Westermannus. — Mox in or. 10 § 27 meo quidem iudicio ex epitomes § 9 *εὔθυναν*, quod solum Atticum est, praeoptari oportet formae alteri *εὐθύνην* in libris aeque repertae vulgoque receptae, atque in or. 25 § 30, quo et ipso loco *εὔθυναν* reponi malim. V. Boeckhius oecon. publ. Ath. I p. 266 e, Schaeferus ad Dem. p. 17, 15. Contra statuit Goettlingius ad Aristotelis Polit. p. 359. — Paulo post illa § 28 iam in ed. priore ex or. 11 § 10 *ἀνῃρῆσθαι* subiunxi verbis *αἰτίαν ἔχειν ὑπὸ τῶν παίδων*, et in § 31 *νῦν γὰρ διώκω κακηγορίας, τῇ δ' αὐτῇ ψήφῳ φόνου φεύγω τοῦ πατρός* post *διώκω* inserui *μέν* ex or. 11 § 12. — Atque etiam ipsius epitomes verba ad exemplum orationis Lysiacae interdum castiganda esse duxi, veluti § 8, ubi pro *ἀλλ' ὡς βελτίονος ὄντος*; — *σώσαντι δικάζομαι*; quod in omnibus libris et mscr. et editis legitur, ex or. 10 § 23 cum Sluitero correxi *ἀλλ' ὡς βελτίων οὗτος*; praetereaque articulum ante *σώσαντι*, qui quamvis necessarius sit tamen omittitur ab omnibus, ex eodem illo loco ascivi. — Denique in or. 11 § 10 *τί γὰρ ἂν τούτου ἀνιαρότερον ἀκούσειεν, εἰ τεθνηκὼς ὑπὸ τῶν ἐχθρῶν αἰτίαν ἔχοι ὑπὸ τῶν τέκνων ἀνῃρῆσθαι*; verbis *εἰ τεθνηκώς* particulam *ἤ* praefixi ex or. 10 § 28 coll. Marklando p. 370 ed. Reisk., indice Reiskiano v. *ἤ*, or. 2 § 73, or. 25 § 23, Isaeo or. 1 § 20, Heindorfio ad Plat. Gorg. § 183, Schaefero ad Dem. p. 191, 22, Schoemanno ad Isaeum p. 186.

Hae emendationes omnes quoniam ex eo genere sunt, ut facili negotio possint ex alterutra harum orationum repeti, quarum quae e superiore in epitomes formam redacta est haud dubie in ipsa antiquitate originem invenit et proinde aetatem fidemque librorum mscr. longe antecedit, universe eas significare quam fusius exponere et argumentis stabilire malui. Omnia autem ea praeterii, quae iam ab aliis criticis ad emendandam alteram orationem ex altera eruta sunt. De uno loco explicatius dicam qui est

or. 10 § 9 *ἡδέως γὰρ ἄν σου πυθοίμην (περὶ τοῦτο γὰρ δεινὸς εἶ καὶ μεμελέτηκας καὶ ποιεῖν καὶ λέγειν* [19])) · *εἰ τίς σε εἴποι ῥῖψαι τὴν ἀσπίδα, ἐν δὲ τῷ νόμῳ εἴρητο* [20]), *ἐάν τις φάσκῃ ἀποβεβληκέναι, ὑπόδικον εἶναι, οὐκ ἂν ἐδικάζου αὐτῷ, ἀλλ' ἐξῄρκει ἄν σοι ἐρριφέναι τὴν ἀσπίδα λέγοντι οὐδέν σοι μέλει; οὐδὲ γὰρ τὸ αὐτό ἐστι ῥῖψαι καὶ ἀποβεβληκέναι.* Palatinus habet *λέγοντι οὐδέν σοι μέλλει* (trita verborum *μέλειν* et *μέλλειν* confusione, v. ad or. 12 § 74 et 80, Dorvillius ad Char. p. 512, Berglerus ad Alciphr. I 38, 8, Boissonadius ad Babr. 84, 5 et ad Choric. Gaz. p. 14 et 95), quam lectionem manifestum est non magis ferri posse quam illud *λέγοντι οὐδέν σοι μέλει*; quod a Scaligero excogitatum posteaque in cod. Laur. C repertum Reiskio et

___

19) Lennepius ad Phalar. ep. p. 180 suspicatus est scripsisse Lysiam *πᾶν ποιεῖν καὶ λέγειν*. An forte *πάντα ποιεῖν καὶ λέγειν*?   20) Malim *εἴρηται* cum Dobraeo vel *εἴρηται τό*. Lex enim valebat etiam tunc.

Bekkero placuit. Nam Bremii rationi λέγοντι non ad σοι, sed ad re-
motius αὐτῷ referentis cum loquendi usus consuetudoque tum sententiae comparatio obstat. Neque enim quisquam, opinor, verbum λέγοντι
retorquebit ad αὐτῷ, cum et propius absit σοι, et λέγοντι inveniatur
in eadem enuntiatione qua σοι eaque affirmativa, contra αὐτῷ in ne-
gativa illi opposita. Deinde recte animadvertit Foertschius comm. crit.
p. 54 cum e tota oratione tum ex exemplis quae a § 8 afferantur elu-
cere, oratorem excusationem illam 'quia in lege verbum ἀποβεβλημένναι
usurpatum sit, non esse respiciendum si quis ῥίψαι dicat' potius ab
ipso Theomnesto verba magis quam sensum legum spectante prolatam
velle. Itaque Foertschius coniecturae patrocinium suscepit Stephani
unius litterulae adiectione μέλειν scribentis, quamquam, quae est viri
eruditissimi modestia, dubitantius: secuti sunt duoviri Tur. et Westermannus. Verum ut mittam, quod observatum est a Zielio in diurnis
antiq. a. 1844 p. 414, ν litteram vix temere neglectam esse a scriba codicis Pal. (scilicet nihil moror ceteros librarios), illud maxime me·mo-
vit ut emendationem illam reicerem, quod quae subsecuntur verba οὐδὲ
γὰρ τὸ αὐτό ἐστι ῥίψαι καὶ ἀποβεβληκέναι cum illis conciliari nequeunt: ea enim patet oratoris esse non posse, quippe qui id ipsum
agat, ut horum vocabulorum sensum eodem redire ostendat: quodsi
Theomnesti sunt, cum praecessisset infinitivus μέλειν, infinitivus εἶναι
sequeretur necesse erat. Nisi vero orationem obliquam subito in rectam conversam putamus: quae ratio etsi minime abhorret ab usu Graecorum (cf. Maetznerus ad Lycurgum p. 199, Matthiae gr. Gr. § 529, 5),
non tamen quadrat in nostrum locum, ubi talis interrogatio antecedit,
ad quam ex more Graecorum tacite respondenda haec sint: 'profecto
eum in iudicium vocares neque satis haberes dicere tua nihil referre.'
Iam quo, quaeso, pacto cum his concinunt quae subiunguntur: neque
enim idem est ῥίψαι atque ἀποβεβληκέναι? Immo vero contra utrumque vocabulum idem valere dicendum erat. Quae eadem reprehensio
cadit in emendationem a Franzio propositam: λέγοντι ὅτι οὐδέν σοι
μέλει; quae emendatio repetita a Zielio l. d. a me denique in ed.
priore digna habita est quam amplecterer. Neque aliter iudicandum
est de Lennepii ad Phalar. ep. p. 190 invento λέγειν ὅτι οὐδέν σοι μέ-
λοι, quod ne a facilitate quidem mutationis commendatur. Ut igitur
veram inveniamus scripturam, videndum est ad quemnam tandem re-
ferantur verba οὐδὲ γὰρ τὸ αὐτό ἐστι ῥίψαι καὶ ἀποβεβληκέναι, quae
quoniam non ex oratoris persona dicta esse animadvertimus, sequitur
ad sermonem Theomnesti ab oratore fictum pertinere ideoque cum eis
quae praecedunt οὐδέν σοι μέλει artissime cohaerere. Atqui haec neque quemadmodum vulgo leguntur commodum legitimumque habere
explicatum neque in orationem obliquam inflecti posse demonstravimus.
Quamobrem ut cum recta quae subsequitur oratione apte concilientur,
e Marklandi coniectura correximus οὐδέν μοι μέλει. Iam vero de
constructione verborum impedita difficilique quaerenti hoc, opinor,
apertum erit dativum λέγοντι pendere ex verbo ἐξήρκει, quod cum
participio iunctum est etiam a Demosthene, si tamen Demosthenes illam

orationem scripsit, or. 47 § 52 ταῦτα ἔχουσιν οὐκ ἐξήρκεσεν αὐτοῖς. Quae autem inter illa collocata sunt ἐρριφέναι τὴν ἀσπίδα dubitatum est quorsum referenda essent quoque modo explananda. Ac Zielius quidem l. d. ad ea ex antecedentibus illa ἐάν τις φάσκῃ vel trahenda vel supplenda esse statuens egregie falsus est. Qui enim fieri possit ut ex hac legis particula ἐάν τις φάσκῃ ἀποβεβληκέναι infinitivus in aliena enuntiatione nudeque positus suspendatur haud facile perspicitur, praesertim cum infinitivus medium teneat locum inter verba ἐξήρκει ἄν σοι et λέγοντι, quae quidem sunt ipsa constructione artissime conexa. Unus omnium optime Foertschius, quem frustra impugnavit Zielius, constructionis rationem ita expedivit l. d., ut infinitivum ἐρριφέναι τὴν ἀσπίδα e verbo μέλει suspensum diceret. Sed quod genetivum articuli τοῦ ante ἐρριφέναι cogitatione supplendum esse autumavit, id minus probabile videtur aut certe non necessarium. Etenim non modo quod initio enuntiationis, ubi sequentia minus curabat orator, positum est hoc verbum, sed etiam ironiae cuiusdam gratia infinitivo uti quam articulum sive τοῦ sive τό (μέλει enim nonnumquam etiam cum nominativo subiecti iungitur: v. Matthiae gr. Gr. § 348 n. 2, Bernhardy synt. p. 150) praeponere maluit. Cum enim re vera scutum abiecisset Theomnestus, actor huius orationis ut non sola verba legis, sed eorum sensum respiciendum esse demonstret, callide ex illo quaerit: 'si quis te iecisse ²¹) (ῥῖψαι) scutum diceret, num tu, quoniam in lege scriptum est, si quis scutum abiecisse (ἀποβεβληκέναι) dixerit, eum actione maledicti teneri, num tu, inquam, ei litem non intenderes, sed satis tibi esset dixisse: nihil mea refert iecisse (ἐρριφέναι) scutum: neque enim idem est iecisse (ῥῖψαι) et abiecisse (ἀποβεβληκέναι).' Quodsi articulo τὸ ἐρριφέναι usus esset, tantummodo illud vocabulum ἐρριφέναι curasse Theomnestum negavisset, articulum cum omiserit, quemadmodum omisit infra quoque οὐδὲ γὰρ τὸ αὐτό ἐστι ῥῖψαι καὶ ἀποβεβληκέναι, non modo id ipsum consectatur, sed etiam adversarium acerbe notat, quod eum huius ignominiae non pudeat.

Praeterea in eiusdem orat. § 16, ubi vulgo secundum codd. legebatur ἡ ποδοκάκκη αὕτη ἐστίν — ὃ νῦν καλεῖται ἐν τῷ ξύλῳ δεδέσθαι, cum Harpocratio ²²) v. ποδοκάκκη (p. 154) verba hoc modo afferat: ἡ ποδοκάκκη αὐτό ἐστιν, de meo correxi ἡ ποδοκάκκη ταυτό ἐστιν, quod solum est huic loco accommodatum. — Deinde § 17 re-

---

21) Plauti Trin. IV 4, 27.   22) Harpocratio, qui aetate codicem archetypum utique antecedit, ut ad hunc locum, ita adhiberi potest ad emendanda verba or. 16 § 6 ἐπειδὴ γὰρ κατήλθετε, ἐψηφίσασθε τοὺς φυλάρχους ἀπενεγκεῖν τοὺς ἱππεύσαντας, ἵνα τὰς καταστάσεις ἀναπράττητε παρ' αὐτῶν. Sic vulgo. Palatinus ἀναπράττηται. Libri Harpocrationis v. κατάστασις (p. 107) ἀναπράξηται, quod depravatum esse patet ex ἀναπράξητε (v. ed. Dindorfii Oxon. p. 170), idque in ed. alt. probandum esse putavi. Optativo enim, quem e coniectura Sauppii recepit Rauchensteinius, opus esse nego: v. Bremii exc. ad Lys. or. I p. 436, Kruegeri gr. Gr. § 54, 8 n. 2.

stitui codicis X scripturam τοῦτο τὸ μὲν ἐπιορκήσαντα ὁμόσαντά (ex
Harpocr. p. 81 v. ἐπιορκήσαντα pro ὁμόσαι) ἐστι pro τούτων τὸ μὲν
ἐπιορκήσαντα, quod est in Laur. C. Illud. enim idem valet quod τὸ
μὲν ἐπιορκήσαντα τοῦτο ὁμόσαντά ἐστιν, cf. § 18 τὸ στάσιμον τοῦτό
ἐστιν κτέ. — Denique quae ῖn libris mendose scribebantur οἴκηος καὶ
βλάβης τὴν δούλην εἶναι ὀφείλειν, ea ex sententia Schotti atque Heraldi
animadv. in Salmas. V 8 iam in ed. priore ita transposui et mutavi,
ut reponerem οἴκηος καὶ δούλης τὴν βλάβην εἶναι ὀφείλειν. Quae quidem legis particula quoniam longiorem exigit indagationem, alias fortasse pluribus a nobis de ea explicabitur.

Orationis duodecimae

§ 27 ἐπεί τοι[23]) τῷ ἧσσον εἰκὸς ἦν προσταχθῆναι ᾖ ὅστις ἀντειπών
γε ἐτύγχανε (sic Pal. Kayserianus pro vulg. ἐτύγχανεν) καὶ γνώμην
ἀποδεδειγμένος; Argumentatur Lysias hoc modo: 'Eratosthenes
sui purgandi causa contendit non se sua sponte, sed iussum, et quidem posteaquam in senatu consilium istud dissuaserit, occidisse Pole-
marchum. Atqui eccui minus hanc caedem demandatam esse probabile est quam ei qui consilio isti refragatus erat et sententiam dixerat?'
Haec omnia bene procedunt excepto illo γνώμην ἀποδεδειγμένος. Continuo enim qualem ille dixerit sententiam quaerimus: nimirum non qui
qualemcumque sententiam in senatu dixit, ideo indignus erat qui illud
consilium perageret, sed solus qui contrariam. Qua causa ductus ante
γνώμην inserui ἐναντίαν. Sed rectius forsitan colloces pone ἀποδεδειγμένος, ubi ob similitudinem proximae vocis τίνα facilius potuit
exoidere.
Similiter in eiusdem orat. § 91 verbis κρύβδην τὴν ψῆφον simili-
tudinis litterarum proximarum causa εἶναι pone κρύβδην interposui[24]), ad Dem. or. 19 § 239 provocans, qui eadem usus est verborum collocatione. Corrector igitur Laurentianus, cui obsecundaverunt
Bekkerus criticique Turicenses, cum dedit κρύβδην τὴν ψῆφον εἶναι,
sensit quidem εἶναι oblitteratum esse., quo autem id loco inseri
oporteret non perspexit. — Verba autem eiusdem orat. § 20 ἀλλ'
οὕτως εἰς ἡμᾶς διὰ τὰ χρήματα ἐξημάρτανον, ὥσπερ ἂν ἕτεροι με-
γάλων ἀδικημάτων ὀργὴν ἔχοντες non vicinia vocabulorum sono
consimilium, sed sola sententiae natura motus Sauppius nuper in
ed. Rauchensteiniana egregia medicina persanavit ita, ut οὐκ post
ὥσπερ insereret. — Eiusdem orat. § 81 κατηγορεῖτε δὲ Ἐρα-

---

23) Ita Tayloro praeeunte correxi quod in libris est ἔπειτα: non enim
alterum argumentum affertur, sed illud quod initio posuit argumentum con-
firmatur, ut recte observavit Rauchensteinius, qui tamen simpliciter scripsit
ἐπεί.   24) Eadem de causa εἶναι periit in Isaei or. 7 § 43 ἐγὼ μὲν
(ἀξιῶ) — ἔχειν τὰ δοθέντα καὶ μὴ ἐπὶ τούτοις ἐξερημῶσαι τὸν οἶκον
τὸν ἐκείνου. Scribendum videtur καὶ μὴ εἶναι ἐπὶ τούτοις: verbum
enim εἶναι probabilius est ante ἐπί, quippe quod illi simile sit, elapsum
esse quam post τούτοις, sicuti Reiskio visum est, quem secuti sunt Schoemannus et editores Tur.

τοσθένους καὶ τῶν τούτου φίλων, οἷς τὰς ἀπολογίας ἀνοίσει καὶ 18
μεθ᾽ ὧν αὐτῷ ταῦτα πέπρακται. ὁ μέντοι ἀγὼν οὐκ ἐξ ἴσου τῇ πόλει καὶ Ἐρατοσθένει· οὗτος μὲν γὰρ κατήγορος καὶ δικαστὴς αὐτὸς
ἦν τῶν γινομένων, ἡμεῖς δὲ νυνὶ εἰς κατηγορίαν καὶ ἀπολογίαν καθέσταμεν. Iudicum est aut condemnare aut absolvere, accusare
actoris. Exhortari igitur iudices ut accusent reum, esset id profecto insipientis actoris. Ex quo perspicuum est κατηγορεῖτε, quod
omnes ad hunc diem libros occupavit editos, ab Lysia proficisci non
potuisse. Bene perspexit hoc quidem Emperius observv. in Lysiam
p. 31, redarguens idem eam vulgatae scripturae tuendae rationem,
qua Lysias hoc dicere existimatur: ʿcondemnatione vestra quasi ar-
guite eos et accusate᾽: sed quod ipse proposuit κατάγνωτε (quod
idem iam Dobraeus suspicatus erat) aut κατακρίνετε, videtur id fecisse non quo veritatem scripturae repraesentaret, sed ut sensum
aliquo qualicumque modo sustentaret. At hac medella ne sensui
quidem consultum puto, nedum satisfactum. Primum enim orator
superioribus iam exhortatus erat iudices ut punirent Eratosthenem
eosque qui cum eo fecerant (§ 79 ἥκει δ᾽ ὑμῖν ἐκεῖνος ὁ καιρός —·
δίκην λαμβάνειν), exhortationis autem iteratio putida esset ac temere instituta. Deinde non concinit condemnationis postulatio cum
opposita enuntiatione: ὁ μέντοι ἀγὼν — ἡμεῖς δὲ νυνὶ εἰς κατηγορίαν καὶ ἀπολογίαν καθέσταμεν. Sic enim haece evadit sententia:
ʿcondemnate Eratosthenem eiusque amicos. Sed dispar est condicio
nostra. Iste accusator erat idemque iudex. Nobis autem licet tantummodo accusare aut nos defendere.᾽²⁵) Haec conciliari nequeunt.
Non enim in condemnando dissimilitudo causae et contentionis
iniquitas conspicua est, sed in accusando, cum ille idem accusa-
torque atque iudex fuisset, Lysias esset accusator dumtaxat. Ex
quo efficitur accusandi verbum initio servandum esse, modo impe-
rativus removeatur. Non praeteriit hoc Bakium, qui in schol. hy-
pomn. II p. 263 simplicissime lenissimeque ulcus illud sanavit re-
scribens κατηγόρηται, quocum apposite comparavit or. 27 initium: κατηγόρηται μὲν Ἐπικράτους ἱκανά, sive haec δευτερολογία
est, ut vulgo existimant (Hoelscherus de Lysia p. 110, nos in vindd. 19
Lys. p. 94 sqq.), sive pars ipsius orationis primariae initio suo trun-
catae, quae est Hamakeri sententia. Non tamen consummavit emendationem Bakius. Etenim δέ cum nihil habeat cui obiciatur, commutandum est cum δή particula conclusiva, quae ad indicandum
epilogum, quem ab his verbis ordiri recte observavit Bakius, est

---

25) Sic enim verba ἡμεῖς δὲ νυνὶ εἰς κατηγορίαν καὶ ἀπολογίαν
καθέσταμεν accipienda mihi videntur. Universalis sententia est: nos hoc
tempore (νυνί, quod opponitur tempori dominationis XXXvirorum) ea
sumus condicione, ut aut accusemus aut nos defendamus. Non igitur eidem
et iudices sumus, quod illo tempore Eratostheni contigerat. Unde Reiskium
interpretantem: ʿcum accusamus eum, tum nos purgamus᾽ errasse perspicuum est, praesertim cum nullum per totam orationem defensionis appareat
vestigium.

19 accommodatissima (cf. Weberus ad Dem. Aristocr. § 215 p. 543 et
ad § 102 p. 337). Ipsi autem perorationi per illa ἥκει δ᾽ ὑμῖν ἐκεῖνος ὁ καιρός iam via tamquam munitur et paratur. Hic est enim
sententiarum nexus: venire tandem tempus quo poenae sint ab Era-
tosthene sumendae, qui Theramenis ut clementissimi tyrannorum so-
cietate se defendere tuerique conetur. 'Accusatus est igitur mea
oratione Eratosthenes — sic pergit orator —: sed dispar est civium
et Eratosthenis certamen, prorsus dissimilis utrorumque condicio.'
Nihilo minus illius Emperii coniecturae κατάγνωτε δέ rursum patro-
nus exstitit Kayserus ann. Heidelb. l. d. p. 229.

Illam autem emendationem expeditissimam esse fatebuntur qui
vocales η et ει, ε et αι innumerabilibus in locis confundi memine-
rint. Quae cum tam trita observatio sit, ut eam exemplis aliunde
petitis comprobare supervacaneum esse videatur, tum Lysiae aliquot locos, in quibus primum litterarum αι et ε permixtio vitiorum
causa exstitit, recensere haud abs re esse arbitror. Iam dudum cor-
recta sunt duo menda, quorum alterum insederat in or. 13 § 55 καὶ
εὑρίσκων τε αὑτῷ κατὰ τὸ ψήφισμα τουτὶ ἄδειαν, ubi scriptor Laur.
cod. male εὑρίσκουσι: verum est εὑρίσκονται monstratum a Reiskio,
ab editoribus iure receptum omnibus: alterum in or. 19 § 11 ὅ τι
ἂν ὑμῖν ἄριστον καὶ εὐορκότατον νομίζεται εἶναι: quod in Aldina
inventum et in codice X, quem νομίζετε habere falsum est, idem
Reiskius profectum esse vidit ex νομίζητε, idque et ipse dedit
et dedimus Turicenses egoque. Vero verius hic quoque quaesivit
auctor Laurentiani C, cum correxit νομίσητε assentiente Bekkero
pro constanti suo huius codicis obsequio. — Nec minus temere
scriptor ille Laurentianus correctoris partes egit in or. 25 § 1 exhi-
bens haec: ὑμῖν μὲν πολλὴν συγγνώμην ἔχω, ὦ ἄνδρες δικασταί, —
εἰ ὁμοίως ἅπασιν ὀργίζεσθε τοῖς ἐν ἄστει μείνασι pro eo quod est
in ceteris omnibus ὁμοίως ἅπασιν ὀργίζεσθαι particula εἰ omissa.
Eamque archetypi scripturam a Bekkero atque adeo a Turicensibus
repudiatam ego nunc amplexatus sum haud ignarus infinitivum a
voce συγγνώμη suspensum aliis exemplis fulciri, veluti ipsius Lysiae
or. 18 § 19 καίτοι πλείων συγγνώμη μνησικακεῖν νεωστὶ κατεληλυ-
20 θόσιν, Herod. I 39 συγγνώμη μὲν — φυλακὴν ἔχειν. Thuc. V 88
εἰκὸς μὲν καὶ συγγνώμη — τρέπεσθαι. Dem. or. 19 § 238 (p. 415,
17) συγγνώμη ἀδελφῷ βοηθεῖν, quae est proverbialis locutio. V.
Schaeferus ad Dem. p. 1443, 27. — Eandem litterarum ε et αι per-
21 mutationem agnoscere mihi visus sum in Lysiae fragmento 240
ed. Saupp., 80 meae, ex oratione κατὰ Φιλίππου ἐπιτροπῆς a Zonara
in lex. v. ἀποχρῆν καὶ ἀποχρᾶν servato, in qua quod olim in Iahnii
ann. philol. XXXI p. 384 scribendum esse conieci Φιλίππῳ δὲ μὴ
οἴεσθε ταῦτ᾽ ἀποχρᾶν pro οἴεσθαι iam Sauppius dignum habuit
quod reciperet.

At non audiendus est Reiskius qui οἴεσθαι in οἴεσθε mutatum
ivit in or. 19 § 29 χαλεπόν, ὦ ἄνδρες δικασταί, τραγῳδοῖς τε δὶς
χορηγῆσαι — γῆς τε πλέον ἢ τριακόσια πλέθρα κτήσασθαι. ἔτι δὲ

πρὸς τούτοις οἴεσθαι χρῆναι ἔπιπλα πολλὰ καταλελοιπέναι, ἀλλ' 21
οὐδ' οἱ πάλαι πλούσιοι δοκοῦντες εἶναι ἄξια λόγου²⁶) ἔχοιεν ἂν ἐξ-
ενεγκεῖν. Sane οἴεσθαι perquam durum esse et ambiguum nemo est
quin sentiat. Minus offendit quod infinitivi definita personae nota-
tione destituti sunt, de quo usu ipse exposui observv. in oratt. Att.
p. 32 et vindd. Lys. p. 35 sq. At illud molestissimum est atque eius
modi, vix ut simile deprehendas exemplum, quod cum ad infinitivos
priores χορηγῆσαι — τριηραρχῆσαι — εἰσενηνοχέναι — πρίασθαι —
κτήσασθαι Aristophanes mente intellegatur, ad οἴεσθαι subiecto
praeter exspectationem taciteque mutato homines intellegendi sunt.
'Durum est' inquit orator 'bis choregia perfunctum esse, per trieh-
nium continuum trierarchiam subisse, contributiones multas in rem
publicam contulisse, domum et agrum emisse: praeterea vero putare
(homines) fieri non potuisse quin multa sit (ab eo) relicta supellex.'
Hanc argumentationis seriem necessario flagitatam quoniam interro-
gatione, cuius signum pone καταλελοιπέναι collocavit Reiskius, et
verbo finito οἴεσθε interrumpi intellexi, nihil sollicitandum, sed illud
οἴεσθαι liberiori et dissolutiori dicendi rationi condonandum esse
mihi persuasi.

Sed mendo laborabat locus or. 13 § 52²⁷) ἀλλ' ἴσως φήσει ἄκων
τοσαῦτα κακὰ ἐργάσασθαι. ἐγὼ δ' οὐκ οἶμαι — οὐ τούτου ἕνεκα οὖ
δεῖν ὑμᾶς ἀμύνεσθαι. εἶτα δὲ καὶ ἐκείνων²⁸) μεμνῆσθαι, ὅτι ἐξῆν
Ἀγοράτῳ τούτῳ κτέ. Haec Bekkerus et critici Turicenses. At infinitivus μεμνῆσθαι, quem ex οἶμαι aptum esse dicunt, si quid video, 22
tolerari non potest. Ut non-offendare defectu pronominis personalis
ὑμᾶς, tamen sententia non fert hanc dicendi rationem: 'deinde vos
hoc quoque meminisse arbitror, Agorato isti licuisse incolumi abire.'
Neque enim iudicibus incerta fuit neque esse potuit recordatio illius
rei, quam paulo ante §§ 25 et 26 explicaverat: unde putandi verbum

---

26) ἄξια λόγου dedi e C: ἀξιολόγου enim X, non ἄξιον λόγου, ut
memorat Bekkerus. Item paulo infra § 31 nota Bekkeri in fraudem in-
ductus in ed. priore dederam φύλακας: at non hoc sed φύλακα habet X
Kays. Permiscuit ille fortasse notas codicum suorum C et X.   27) In
§ 51, quae his verbis proxime praemissa est, cum alia mihi videor in
veram speciem redegisse, tum quem genetivum τούτον in his ἀλλ' οἶμαι
πολὺ τοὐναντίον τούτου libri tuentur omnes, eum cum Turr. retinui
pro accusativo τοῦτον, quem de suo dedit Bekkerus. Praeivit Foertschius
observv. p. 27 sq., qui multa ad hoc genus loquendi confirmandum exempla
protulit (adde Aristot. Polit. II 5 p. 50, 29 ed. Goettling. eiusque observ.
p. 330). Quo magis miror nondum emendata esse quae or. 6 § 36 leguntur:
οὐ δήπουθεν, ἀλλ' αὐτὸ τοῦτο τοὐναντίον ἐτάραξε μὲν οὗτος τὴν πόλιν,
κατεστήσατε δ' ὑμεῖς. Hic Bekkerus et Turr. Reiskii suasu secluserunt
τοῦτο, quod equidem tamen ita servavi, ut mutatione perexigua ac prope
nulla genetivum reponerem τούτου i. e. ipsum huic rei contrarium factum
est. Haud rara autem est locutio αὐτὸ τοὐναντίον, v. Dem. or. 45 § 12
et or. 55 § 17. Simili modo usurpatur πᾶν τοὐναντίον ab eodem Dem.
de f. leg. § 252.   28) ἐκείνων revocavi e X, quem non habere ἐκεῖνο,
ut narrat Bekkerus, Kayserus testis est. De plurativo numero ad unam rem
relato v. vindd. Lys. p. 39. 59. 60.

22 alienum esse apparet. Immo exhortatione opus est, ut illud memoria
teneant iudiees secumque reputent, in isto situm fuisse servarine voluerit an non.   Quod autem Reiskius infinitivum pro imperativo accipi posse opinatur, hic usus cum natura sua oratorio dicendi generi
idoneus non est, tum non pertinet ad exhortationes, sed sermonis
finibus circumscriptus voluntatem aut iussum eius qui loquitur indicat. Quare fidenter dedi imperativum μέμνησθε, ducem secutus
29 Taylorum. — Tum scripsi Ἀγοράτῳ τουτφί Cobeto auctore orat.
de arte interpr. p. 95 pro Ἀγοράτῳ τούτῳ, quod est in libris omnibus. Ipsa articuli absentia interpretes de vitio monere debebat.
Nam ut nemo Graecorum scriptorum huius aetatis dixit ἀνὴρ οὗτος
aut οὗτος ἀνήρ, ita nec Διονύσιος οὗτος aut οὗτος Διονύσιος dicere
cuiquam licuit. Res autem transigitur usu Aristophanis quippe
metro astricti, qui permultis locis ab Elmsleio ad Acharn. 1062
(1049 Br.) congestis ad οὑτοσί articulum omiserit, numquam item ad
οὗτος (cf. etiam Blumii animadv. in progr. Sundensi 1825 p. 5).
Quare ubi quis ab oratore oculis vel digito designatur (v. Apollon.
30 Dysc. p. 75 Bk.) omittiturque articulus, ibi οὑτοσί in locum pronominis οὗτος sufficere non dubitavi, praesertim cum nusquam in contrariam partem ita peccatum sit, ut absens aliquis sine articulo diceretur (or. 13 § 55 ὁ Μενέστρατος οὗτος): itaque correxi or. 3 § 4,
or. 8 § 10, or. 13 § 52, or. 23 § 1, fragm. 1 § 2, fr. 8 meae ed. (19
ed. Saupp.). Non recte igitur fecisse videntur Turr., quod in Dem.
or. 18 § 114 e codd. quamvis optimis dederunt οὗτος Νεοπτόλεμος
pro οὑτοσὶ Νεοπτ., quod libri deteriores habent receperuntque Reiskius et Bekkerus. Neque ipse sibi constitit Sauppius in fragm. or.
contra Tisidem 232, nostrae ed. 75 § 1 recte quidem scribens Ἀρ-
χίππος γὰρ οὑτοσί, cum cod. Dionysii (VI p. 983 ed. R.) vitiose
habeat οὐ τούρ, Reiskius et Sylburgius οὗτος ediderint. Nominibus
igitur propriis non additur articulus, quotiens aut praecedit aut sequitur οὑτοσί, v. quae idem Sauppius congessit ad Isaei or. 9 § 2,
ubi unus Isaei locus omissus est or. 5 § 16 extr.: nominibus autem
appellativis haud raro praefigitur articulus, veluti Lys. or. 24 § 1,
or. 13 § 55, Isaei or. 6 §-6 et 9. Contra in Lys. or. 13 § 55 Dobraeus οὗτος οὖν pro οὑτοσὶ οὖν et Bekkerus in or. 11 § 3 ἀπεκτόνασι τοῦτον pro τουτονί recte correxisse videntur. Illic enim Critias
designatur dudum occisus, hic definitio affertur, in qua ι demonstrativum usurpari non potest. Ceterum οὑτοσί dici etiam non prae-
sentem recte observavit Weberus ad Dem. Aristocr. p. 152. Sed
quod vir doctissimus ait tum notum significari hominem, id ut
verum esse non infitier, tamen non satisfacit definiendo usui. Oratores enim quotienscumque hac forma de homine vel de re absente
utebantur, cogitandi sunt intendisse digitum, tamquam homo aut res
adesset. Dem. de.f. leg. § 229 ἐπρέσβευσάν τινες ὡς Φίλιππον τουτονί: 'zu dem Philippos da drüben.' Eodemque modo explicandum
est quod in Aristocr. § 107 legitur Ὀλυνθίους τουτουσί. Cf. etiam
Frankius in specimine novae edit. Aeschinis p. 21.

Permutatae sunt litterae ε et αι etiam in or. 25 § 20 οὐ τοίνυν ἄξιον χρῆσθαι τούτοις — οὐδὲ ἃ πάσχοντες ἄδικα ἐνομίζετε πάσχειν, ὅταν ἑτέρους ποιῆτε, δίκαια ἡγεῖσθαι. Sic enim necessario scribendum erat e cod. C pro ἡγεῖσθε, quod quamvis legatur in Pal., tamen soloecum est, cum praecedat οὐδέ, non μηδέ. Quare hoc receptum nollem a Westermanno.

Restat ut maculam confusione litterarum η et ει susceptam 22 eluam ex or. 14 § 43 ὃν ὑμεῖς ὅτι μὲν οὐδενὸς ἄξιός ἐστιν, ἐπειδὰν ἀπολογῆται, εἴσεσθε, ὅτι δὲ πονηρός ἐστιν, ἐκ τῶν ἄλλων ἐπιτηδευμάτων εἴσεσθε, ubi in locum alterius futuri male iterati εἴσεσθε, quod frustra tueri conatus est Foertschius comm. crit. p. 23 (v. vindd. Lys. p. 83 n.), de coniectura Boissonadii ad Philostr. epist. p. 98 substitui ᾔσθησθε, quod verbum propius ad similitudinem scripturae librorum accedit, quam quod Reiskius proposuit quodque amplexi sunt critici Turicenses ἴστε. Stabiliendae emendationis suae causa Boissonadius affert Suidae glossam ᾐσθῆσθαι, κατανοῆσαι.

Orationis tertiae decimae

§ 53 et 54 οὔκουν τούτου ἕνεκα δεῖ σε παρ᾽ ἡμῶν συγγνώμης τινὸς 9 τυχεῖν, ἐπεὶ οὐδὲ ἐκεῖνοι παρὰ σοῦ οὐδεμιᾶς ἔτυχον, οὓς σὺ ἀπέκτεινας. καὶ Ἱππίας μὲν ὁ Θάσιος καὶ Ξενοφῶν ὁ Καριεύς, οἳ ἐπὶ τῇ αὐτῇ αἰτίᾳ τούτῳ ὑπὸ τῆς βουλῆς μετεπέμφθησαν, οὗτοι μὲν ἀπέθανον ὁ μὲν στρεβλωθείς, Ξενοφῶν, ὁ δὲ Ἱππίας οὕτω[29]), διότι οὐκ ἄξιοι ἐδόκουν τοῖς τριάκοντα σωτηρίας εἶναι (οὐδένα γὰρ Ἀθηναίων ἀπώλλυσαν)· Ἀγόρατος δὲ ἀφείθη, διότι ἐδόκει ἐκείνοις τὰ ἥδιστα πεποιηκέναι. Hoc loco error explodendus est atque e Lysia expellendus, quem ab longo inde tempore foverunt interpretes atque ad hunc diem propagaverunt, omnes unanimo consensu probantes speciosissimam Palmerii coniecturam Ξενοφῶν ὁ Ἰκαριεύς i. e. pago Attico, cui nomen fuit Ἰκαρία, ascriptus (v. Boeckhius C. I. G. I n. 646 p. 501, Leakius de demis Att. p. 227 ed. W., R. Ungeri electa crit. p. 35 sqq.) ideoque civis Atheniensis, cum libri mscr. ad unum omnes conspirent in lectione Ξενοφῶν ὁ Καριεύς. Sed posteaquam ego iam in libro quem inscripsi 'die oligarchische Umwälzung zu Athen' p. 52 suspicatus sum Hippiam et Xenophontem inquilinos fuisse, non cives: primus Th. Bergkius vidit istum Palmerii Icariensem, qui nostrum locum tam diu obsedit, tandem aliquando exterminandum esse scribendumque coniecit aut Καριδεύς aut Καμιρεύς aut Καρυεύς. Haec amicus. Iam videamus quid rei sit. Ambo illi Hippias et Xenophon in senatum acciti sunt ut, cum pariter atque Agoratus coniurationis conscii essent, nomina coniuratorum indicarent: quod cum facere constanter recusarent cumque nollent quemquam Atheniensium indicio suo morti dare[30]),

---

29) οὕτω, quod superiore tempore defendi, Westermannus mutari voluit in οὔπω, coniecit οὕτως, ὡς ἴστε Rauchensteinius.   30) οὐδένα γὰρ

10 occisi sunt. Atque Hippias quidem, cum Thasius vocetur, dubium
esse non potest quin μέτοικος fuerit. Xenophon vero antequam in-
vestigetur cuias fuisse videatur, necesse est quo iure quoque consilio ante supplicium tormentis traditus sit inquiratur. Notae sunt
quaestiones de servis per tormenta habitae (cf. Schoemanni Proc.
Att. p. 680 et Antiq. iuris publ. Gr. p. 280, Hermanni Antiq. publ.
§ 141, 15), quibus tunc quidem locum non fuisse satis apparet cum
ex ipso Xenophontis nomine, quod non erat servi, tum ex eo quod
servus in coniuratorum numerum vix est receptus: Agoratus
enim, quem quis huius rei probandae causa afferre possit, non iam
servus erat, sed civem se esse iactabat. Sumamus igitur ingenuum
eum fuisse civem Atheniensem: qui si fuit, num licuit tormentum
ei admovere, ut quidquid sciret ediceret? Minime vero. Nam lege
a Scamandrio rogata cautum erat, ne liberis civibus tormenta adhi-
berentur (Andoc. de myst. § 43, Lys. or. 13 § 27 πρῶτον μὲν γὰρ
᾽Αθηναῖοι ἦσαν, ὥστε οὐκ ἐδεδίεσαν βασανισθῆναι), atque etiamsi
Pisander contendit ut abrogata ea lege Hermocopidae in tormenta
darentur, rei tamen, quamvis aegre, impetraverunt, hoc ut non fieret. Nec magis Aristophanes Chollides videtur tormentis cruciatus
esse, tametsi exstiterunt qui rogarent ut tormentis subiceretur, quippe
de cuius civitate Attica non plane liqueret: v. nostrae orat. § 59
τοῦτον μέντοι ὡς οὐ καλῶς (de hoc voc. infra seorsum dicam) ᾽Αθη-
ναῖον ὄντα ἐβούλοντό τινες βασανισθῆναι, καὶ τουτὶ τὸ ψήφισμα
τὸν δῆμον ἀναπείθουσι ψηφίζεσθαι.³¹) Voluntatis verbum ἐβού-
λοντο tormenta adhibita non esse subsignificare videtur, nec, si
factum id esset, commemorare neglexisset orator. Certe etiamsi
quidam decretum apud populum pertulerunt ut tormentis afficeretur
Aristophanes, tamen in eo haud dubie perscriptum fuit, id ut tum
demum fieret, cum hic in peregrinitatis iudicium vocatus civem se
esse ingenuum probare non potuisset. Hoc apertissime cernitur e
§ 60, ubi ei, penes quos tum summa rerum erat, Aristophanem adisse
narrantur rogantes ut nomina coniuratorum indicaret hortantesque
ne periculum supplicii subiret, ubi peregrinitatis causam dicere coactus esset (καὶ μὴ κινδυνεύειν ἀγωνισάμενον τῆς ξε-
11 νίας τὰ ἔσχατα παθεῖν).³²) Deinde Aristophanes cum nomina indi-

᾽Αθηναίων ἀπώλλυσαν, non ἀπώλεσαν, quod postulavit Hamakerus l. d.
p. 50. Imperfectum enim hic positum de conatu: 'nolebant quemquam
pessumdare.' Hoc ut satis perspicuum est, ita non dilucide aliquando a me
explanatum vindd. Lys. p. 76. Cf. or. 12 § 27 ibique Rauchensteinius, et
eiusdem or. § 88.   31) Hoc restitui e cod. X pro ψηφίσασθαι, quod est
in Laur. C quodque probaverunt post Bekkerum editores omnes.   32) At
idcirco non putaudus est ob id ipsum, quod per fraudem in numerum civium
surrepserat, morte multatus esse: qui enim in γραφῇ ξενίας reperti essent
peregrini, eos venditos esse scimus, si per διαψήφισιν τῶν δημοτῶν eiecti
ad indices provocassent atque ab his quoque convicti essent: v. Schoemannus de comitiis Athen. p. 380 et ad Isaeum p. 478 sq., Meierus de bonis
damn. p. 78 sq. et in Proc. Att. p. 348 sq., Sintenis ad Plut. Per. c. 37
p. 254 sqq., C. F. Hermannus Antiq. Gr. § 121 et quos laudat. Aristopha-

cando salutem suam redimere nollet, capite damnatus esse perhibe-11
tur, tormentis traditus esse non perhibetur. Quidquid fuit, illud certum est indubitatumque, ne istos quidem homines, qui omnia ad arbi-
trium suum moderabantur, ausos esse tormenta admovere ei qui civis
Atticus vere esset et optimo iure. Consectarium est Xenophontem,
si tormentis eo consilio affectus fuisset, ut indicium in senatu vel
in contione faceret, civem non fuisse nec Icariensem dici potuisse.

At enim, inquiunt, Xenophon non ut nomina coniuratorum indicaret tormentis laceratus est, sed poenae supplicii aggravandae
causa. [33]) In qua ego quoque sententia sum: neque enim στρεβλω-
θέντα ἀποθανεῖν aliud quicquam valere potest quam simpliciter tormentis cruciatum occidi s. post tormenta tolerata supplicio affici,
planè ut est apud Dem. de cor. § 133 νῦν δ᾽ ὑμεῖς στρεβλώσαντες
αὐτὸν ἀπεκτείνατε, et apud Plut. Phoc. 35 ὅπως καὶ στρεβλωθεὶς
Φωκίων ἀποθάνοι, ubi etiam quae verbo στρεβλωθείς adiecta est
particula καί supplicium tormentis aggravatum designari satis planum facit, similiterque in Dinarchi orat. 1 § 63 ἐστρέβλωσαν Ἀντι-
φῶντα καὶ ἀπέκτειναν οὗτοι τῇ τῆς βουλῆς ἀποφάσει πεισθέντες.
Quoniam autem supra demonstravimus per legem Scamandrii ingenuum civem in tormenta dare omnino non licuisse, superest hoc
loco ut quaeramus umquamne fuerit ab illa lege discessum adhibi-
tumque in cive genuino tale supplicii additamentum, et si est adhi-
bitum, qua id licitum fuerit condicione: quo facto omnis de civitate
Xenophontis deque emendationis Palmerianae veritate quaestio pro-
fligabitur. Ac mihi quidem duo tantum huius rei exempla praeter
hoc Xenophontis innotuerunt: unum Antiphontis a Dem. de cor.
§ 133 eiusque adversario Dinarcho contra Dem. § 63 (cf. Plut.
Demosth. c. 14) memoriae proditum, alterum Phocionis a Plutarcho
in eius vita c. 35 narratum. Tenendum est autem Antiphonten per
fraudem in album civium irrepsisse ideoque postea nomen eius e 12
curialium tabulis expunctum esse (Dem. de cor. § 132 τὸν ἀποψη-
φισθέντα, ubi vid. Dissenius p. 305: cf. Maetznerus ad Dinarchum
p. 126, Stechowius de Aeschinis oratoris vita p. 73 sqq.). Atqui si
quis e civium numero expunctus est, eum ipsa res declarat non
posse pro cive haberi. Neque vero Phocion, qui quidem civis
optimo iure erat, cum capite damnatus esset atque quidam postulas-
sent adderetur ut ante supplicium cruciaretur tormentis, hanc crudelitatem, quam Agnonides barbaris dignam ac taetram iudicavit ac
vel Clitus repudiavit, perpessus est. Comprobato enim ab universo
populo plebiscito, quo capite condemnatus est Phocion, et populo in

nes potius supplicium subiit, cum nollet coniurationis socios indicare: et qui
tunc imperium tenebant, ei γραφὴν ξενίας minitati sunt, quo potestatem
nanciscerentur eum tormentis cruciandi. Sed litem illam Aristophani motam
non esse ex eo apparere videtur, quod cruciatus non est.   33) De tormentis expositum est a Boeckhio in Oecon. publ. Ath. I p. 252 sq. ed. alt.,
a Schoemanno in Proc. Att. p. 684 sq., ab Hermanno in Antiq. Gr. publ.
§ 141, 15, a Wachsmuthio in Antiq. Gr. II p. 266 sq. ed. alt.

12 suffragia misso non tamen comprobatum est illud additamentum. E
qua narratione id quoque intellegitur certe plebiscito opus fuisse, si
quis illa crudelitate in civem animadverti vellet.

Cum igitur nullum inveniatur exemplum civis tormentis ante supplicium lacerati, tum solum illius Xenophontis ex omni antiquitate
Graecorum reliquum est, siquidem ille demo Icariae ascriptus fuit.
Quod et per sese admodum incredibile est et refellitur eo quod legem Scamandrii non abrogatam, neque plebiscito aut senatuscon-
sulto, quo opus esse supra diximus et docuit Schoemannus Proc.
Att. p. 685 n. 90 (coll. Dem. or. 25 c. Aristog. I § 47 πάντ᾽ ἄνω τε
καὶ κάτω ποιῶν ἐν ταῖς ἐκκλησίαις ὡς δέον στρεβλοῦν), confirma-
tam videmus hanc poenae accessionem, deinde, quod obiter tantum
atque quasi in transcursu et ipsorum tormentorum et universi supplicii de Hippia et Xenophonte sumpti mentio fit, cum tamen de
Menestrato (§ 55 sqq.) et de Aristophane Chollida (§ 58 sqq.) satis
copiose sit expositum, ut de civibus, qui in eadem culpa essent
eodemque modo evocati ut quidquid de coniuratis compertum habe-
rent aperirent. Levius illud est, sed tamen non nullius momenti,
quod Xenophon una cum Hippia Thasio, quem inquilinum fuisse
supra observavimus, occisus est unaque Agorato ita opponitur, ut
inde aliquam inter utrumque rationem intercessisse continuo coni-
cias.³⁴)

13   Itaque si neque servus neque civis esse potest Xenophon, sequitur eum aut ἰσοτελῇ aut, ut Hippiam, inquilinum fuisse. Iam vero
neque ἰσοτελεῖς neque μέτοικοι tribubus pagisque assignabantur

---

34) Ad nostram rem facere posse videantur verba § 61 ἐκεῖνος μὲν
τοίνυν καὶ ὑπὸ σοῦ ἀπολλύμενος τοιουτοσὶ ἐγένετο, καὶ Ξενοφῶν ὁ
στρεβλωθεὶς καὶ Ἱππίας ὁ Θάσιος· σὺ δ᾽ οὐδὲν τοῖς ἀνδράσιν
ἐκείνοις συνειδώς, πεισθεὶς δὲ ὡς σύ γε, ἂν ἐκεῖνοι ἀπόλωνται, μεθέ-
ξεις τῆς τότε πολιτείας καθισταμένης, ἀπέγραψας καὶ ἀπέκτεινας Ἀθηναίων πολλοὺς καὶ ἀγαθούς. At huic loco nihil quicquam tribuendum.
Verba enim καὶ Ξενοφῶν ὁ στρεβλ. καὶ Ἱππίας ὁ Θάσιος ab interprete
imperito et male feriato e § 54 repetita sunt et illuc intrusa, proptereaque
in mea editione cancellis saepta. Etenim interpolator iste offendens in plurali τοῖς ἀνδράσιν ἐκείνοις, quo Aristophanem designari opinabatur, huic
Xenophontem et Hippiam addendos esse putavit, quippe qui et ipsi ad indicium coniuratorum provocati se prodituros esse illos negassent. At vero
οἱ ἄνδρες ἐκεῖνοι intellegendi sunt viri illi boni et libertatis rei publicae
amantes, quos indicio suo supplicio dederat Agoratus. Interpolatorem prodit additamentum ὁ στρεβλωθείς, quo nihil ab hoc loco alienius est aut infi-
cetius: quid illud, quaeso, ad rem? quasi vero sibi invicem opponantur ὁ στρεβλωθείς et ὁ Θάσιος: prodit etiam vox τοιουτοσί, qua dicitur Aristophanes talis
fuisse, qualis eis quae proxime praecesserunt descriptus est: num vero etiam
Xenophontis et Hippiae virtutes verbis praegressis praedicantur? num igitur
τοιουτοσί ita ad insequentia trahi potest, ac si scriptum esset καὶ Ξενοφῶν ὁ στρεβλ. καὶ Ἱππίας ὁ Θάσ. τοιουτοὶ ἐγένοντο? Nihil minus.
Denique e verbis ἐκεῖνος μὲν et σὺ δέ elucet Aristophanem solum Agorato opponi, Hippiam et Xenophontem non item. Vides igitur quam importune et intempestive sint ista καὶ Ξεν. — Θάσιος in orationem invecta
quoque ego iure ea secluserim.

(cf. Boeckhius Oecon. publ. Ath. I p. 697 ed. alt.), itaque ne Xeno- 13
phon quidem Icariae, qui pagus fuit tribus Aegeidis, ascriptus esse
potuit. Quotquot autem civitatis participes non erant, eos, quemàd-.
modum puerum illum Plataeensem (Lys. or. 3 § 33 extr.), tormentis cruciare licuisse inter omnes constat (cf. Boeckhius l. d. I p. 253
c, Schoemannus Proc. Att. p. 685 n. 92 et 93, Wachsmuthius Antiq.
Gr. II p. 267 n. 77). Reprobato igitur Palmerii invento Ἰκαριεύς
circumspiciendum est nomen civis peregrinae alicuius terrae: inqui-
lini enim a patria sua cognominari solebant (cf. Schoemannus ad
Isaeum p. 296). Atque Καριεύς quidem nomen nullum fuit: Cariae
enim incolae Κᾶρες dicebantur. Quare Th. Bergkius proposuit vel
Καριδεύς vel Καμιρεύς (s. Καμειρεύς) vel Καρυεύς, e quibus primum Καριδεύς elegi, non quod certissima mihi emendatio visa esset et de qua nulla oriri posset dubitatio, sed quod neque nihil dare
volui scribens Καριεύς, neque ut falsum illud et commenticium Ἰκαριεύς propagarem a me impetrare potui. V. Stephanus Byz. v. Κα-
ρία I p. 359, 16 ed. Mein. ἔστι καὶ Φρυγίας πόλις Καρὶς καὶ Κα-
ρίδες. τὸ ἐθνικὸν Καριδεύς ὡς Ἀρκαδεύς, τὸ ἀπὸ τῆς τέχνης
Καρίτης. ³⁵) (Cf. Westermanni Comm. crit. IV p. 8.)
    Disputatio nostra supra delata est in or. 13 § 59 τοῦτον μέν-
τοι ὡς οὐ καλῶς Ἀθηναῖον ὄντα ἐβούλοντό τινες βασανισθῆναι,
καὶ τουτὶ τὸ ψήφισμα τὸν δῆμον ἀναπείθουσι ψηφίζεσθαι. Non
memini me usquam legere de spurio cive οὐ καλῶς Ἀθηναῖος sive
πολίτης ὤν: num forte igitur haec locutio notat Aristophanem non
honeste Atheniensem fuisse? Quod hanc vim haberet, ut ille non
dignum se civitate Attica praestitisse diceretur. At non quaeritur 14
utrum honestam an turpem vitam degerit: id tantum agitur civisne
fuerit genuinus, cui tormenta adhibere non licuerit. Alioquin inepte
fecissent qui ei causam peregrinitatis minitati sunt. Forsitan igitur
quis per analogiam defensurus illam locutionem afferat tamquam simile quiddam εὖ sive καλῶς γίγνεσθαι, veluti in Pseudo-Dem. epi-
taph. § 60 et contrarium κακῶς γίγνεσθαι, veluti in Lys. or. 19 § 15
et in Aristoph. Equ. 218 (ubi γέγονας κακῶς, ἀγοραῖος εἶ Ravennas
pro κακός), quibus locis καλῶς γίγν. est nobili loco nasci, κακῶς
ignobili. Cf. nunc Cobeti Var. Lectt. p. 157 sq., Schoemannus ad
Plut. Agid. p. 89. Quodsi hanc notionem in nostrum locum transtu-
lerimus, haec iam insipida exibit sententia: 'nonnulli eum tormentis
cruciari volebant utpote Atheniensem loco haud nobili natum.' Quasi
vero ignobilitas generis quamvis genuini civis quaestionem per tor-

---

35) E contrario nomina peregrinorum incolarum longum per tempus pro
nominibus curialium occupabant libros editos et apud Demosth. de cor. § 73
p. 249, 13 Εὔβουλος Μνησιθέου Κύπριος et apud Isaeum or. 3 de Pyrrhi
hered. § 2 Ξενοκλῆς Κύπριος: nunc autem in illo loco ex optimis codd.,
in hoc de Meieri coniectura Κόπριος repositum, cum ex inscriptionibus
Hippothontidis pagus nomine Κόπρος innotuit: v. Boeckhius C. I. G. I p.
216. 903. tit. naval. X d 107 (cf. quae a Boeckhio observantur p. 384), X
e 100, XIV a 6. Schoemannus ad Isaeum p. 229.

14 menta permisisset, ut praeteream eam perversitatem, qua tum homo ignobili genere ortus diceretur propter peregrinitatem potuisse in iudicium vocari (ἀγωνισάμενον τῆς ξενίας). Civitatis simulatio culpa est, ignobilitas originis, credo, non est. Haec tam dilucida sunt, vix ut egeant demonstratione. An igitur ita accipiamus illa verba, ut interpretemur Atheniensem qui non pulchro, i. e. honesto iustoque modo Atheniensis sit? Est speciosa sane ista explicandi ratio, in qua quidem acquiesceremus, si is qui verba facit per irrisionem vel indignationem adversario dubiam generis originem opprobrio verteret. Verum neque irrisio neque indignatio inest in verbis, sed simpliciter c a u s a cur quaestionem per tormenta habere liceat affertur, deinde dubia origo Aristophani non exprobratur, sed certo affirmatur et affirmari debet sublestam esse eius civitatem. Etenim si quis non pulchre sive honeste Atheniensis esse dicitur, is non praefracte negatur origine Atheniensis esse et civitatis iure excludi, nedum ut inde colligi possit, in eum tamquam in peregrinum animadvertendum esse. Requiritur potius vocabulum in hac re legitimum, ex quo statim eum non vere et optimo iure civem fuisse intellegatur. Non est illud οὐκ ἀληθῶς, quod Dobraeus excogitavit quodque cuipiam forsitan ab emendandi facilitate commendari videatur, sed οὐ καθαρῶς, quod recte coniecit Taylorus (cf. Cobeti orat. de arte interpr. p. 94), quamvis oblocutus sit Reiskius. Hanc enim formulam apud Atticos in hac re constantem fuisse et sollemnem manifesto testatur Libanius in vita Demosth. p. 5, 6 Bekk. τὸ μέντοι μητρῷον γένος οὐκ ἦν, ὥς φασι, καθαρῶς Ἀττικόν. Cf. Dem. or. 57 c. Eubul. § 55 ποῦ τί ποιήσας ἂν, ὅσοι μὴ καθαρῶς ἦσαν πολῖται, πεποιηκότες φαίνονται; Luciani Tim. 52 (vol. I p. 69 ed. Iacobitz.) καὶ τύπτεις τοὺς ἐλευθέρους οὐ καθαρῶς (Gorlic. καθαρὸς) ἐλεύθερος οὐδ' ἀστὸς ἄν; eiusdem Rhet. praec. 24 (vol. III p. 189 ed. Iac.) ὁρᾷς ἐμέ, ὃς πατρὸς μὲν ἀφανοῦς καὶ οὐδὲ καθαρῶς ἐλευθέρου ἐγενόμην.

30   Eiusdem or. § 92 ἀποθνήσκοντες γὰρ ἡμῖν ἐπέσκηψαν καὶ ὑμῖν καὶ τοῖς ἄλλοις ἅπασι τιμωρεῖν ὑπὲρ σφῶν αὐτῶν Ἀγόρατον τουτονὶ ὡς φονέα ὄντα, καὶ κακῶς ποιεῖν καθ' ὅσον ἂν βραχὺ ἕκαστος δύνηται. In locum vocis βραχύ, quae legitur in libris omnibus, e sententia Schneideri ad Aeliani N. A. VII 41 et Dobraei substitui ἔμβραχυ: expedire enim non potui quid vellet inaudita ista dictio: quantum quisque breviter potest. An forte valet: pro brevibus sive minutis cuiusque viribus, pro sua cuiusque quamvis minima facultate? At quis tandem breves umquam vires dixit? Alibi adverbium βραχύ interpretantur aliquantum, paulum, quin etiam interdum parum, ut in Pseudo-Dem. or. 17 § 4 βραχὺ φροντίσας ὑμῶν καὶ τῆς κοινῆς ὁμολογίας. Quae quidem significationes minus etiam in sententiam nostri loci quadrant quam illa quae iam est a nobis exagitata. Nihil igitur relinquitur, nisi ut amplectamur emendationem satis facilem ἔμβραχυ, ut hoc dicat orator: ' demandarunt illi nobis ut ulcisceremur Agoratum, quantum omnino quisque nostrum

posset, i. e. quantumcumque quisque posset sive pro virili parte.' Ita 30
idem voc. legitur usurpatum in Platonis Gorgia p. 457 A δυνατὸς
μὲν γὰρ πρὸς ἅπαντάς ἐστιν ὁ ῥήτωρ καὶ περὶ παντὸς λέγειν, ὥστε
πιθανώτερος εἶναι ἐν τοῖς πλήθεσιν ἔμβραχυ περὶ ὅτου ἂν βούληται. Theag. p. 127 C ἐγὼ γάρ σοι ἕτοιμός εἰμι ὡς διὰ βραχέων εἰπεῖν καὶ ἐμὲ καὶ τὰ ἐμὰ ὡς οἷόν τε οἰκειότατα παρέχειν, ὅτου ἂν δέῃ
ἔμβραχυ. Ad quae v. schol. p. 383 ed. Bekk. sive p. 17 ed. Tur.
min., ubi per συντόμως καὶ ἁπλῶς explicatur eiusque significationis
testes citantur Hyperides (v. Sauppius in fragm. p. 283), Aristophanes (Thesm. 390), Cratinus in Horis.

Orationis quartae decimae

§ 18 οὐκ οὖν δεινόν, ὦ ἄνδρες δικασταί, τούτους μὲν οὕτως εὐτυχεῖς
εἶναι, ὥστ' ἐπειδὰν ἐξαμαρτάνοντες ληφθῶσι, διὰ τὸ αὑτῶν γένος σώζεσθαι, ἡμᾶς δέ, εἰ ἐδυστυχήσαμεν διὰ τοὺς οὕτως ἀτακτοῦντας, μηδένα ἂν δύνασθαι παρὰ τῶν πολεμίων ἐξαιτήσασθαι μηδὲ διὰ τὰς
τῶν προγόνων ἀρετάς. Ita Scaliger et interpolator Laur. correxerunt,
correctionem suam persuaserunt Bekkero et criticis Tur. In qua scriptura merito offendit Cobetus orat. de arte interpr. p. 87, ἄν aeque
alienum esse existimans atque μηδέ, διά autem verum esse non posse.
Nimirum ista scriptura mera opinatio est: in Pal. enim legitur μηδ' ἂν
τὰς τῶν προγόνων ἀρετάς, quae lectio varie temptata est a Stephano
et Reiskio, quorum hic λέγῃ de suo addidit, ille vel προβάλλωνται vel
παρέχωνται vel προβαλλώμεθα vel παρεχώμεθα addendum esse suspicatus est. Haec vero omnia non modo incerti ac lubrici sunt iudicii,
verum etiam declarant interpretes dubitasse subiectumne esset μηδένα
an obiectum. Quodsi neutram rationem probari posse demonstraveri-
mus, elucebit neque ambages illas Stephanianas Reiskianasque neque
scripturam vulgatam probari posse. Si obiectum est μηδένα, hoc dicit
orator: 'iniquum est, si illi in flagitio aliquo deprehensi per generis
nobilitatem servantur, nos autem clade per illorum neglegentiam disci-
plinae militaris accepta non possemus quemquam ab hostibus deprecari.' Quidni sodes? Cur hoc fieri nequeat? Unum aut alterum captivorum ab hostibus dimitti cur tam incredibile sit? Si non precibus
libertas captivorum impetrari potest, nonne potest impetrari pecunia
soluta? Num vero universos Athenienses pro unius alteriusve captivi
libertate deprecatos esse credibile est, idque merita maiorum suorum
laudando? Quod autem non minus grave est, non recte et ordine singula membra sibi opponuntur. Praegressae enim huic sententiae: 'gens
Alcibiadea si in delicto deprehenditur, servatur generis nobilitate', non
tam hoc oportebat opponi: nos neminem possemus servare virtutibus
maiorum nostrorum, quam tale aliquid: nos ipsi servari non possemus.
Neque enim cum gente Alcibiadea nescio quis captivus, sed ipsi Athenienses contendi debebant. Ex quo apparet μηδένα obiectum esse non
posse. Sumamus igitur subiectum esse. Quid? Num Lacedaemonios
umquam a cive Attico, qui praedicaret praeclara maiorum suorum facinora, perductos esse arbitramur ut captivos missos facerent? Certe si

3

quis Atheniensium ut captivos liberaret maiorum merita apud Lacedaemonios illustrare animum induxisset, hi credo aut exacerbati essent aut
risissent. Credibilius esset hostes ultro admiratione magnorum facino-
rum a maioribus editorum motos esse. Quod si verum est, efficitur illa
Stephani Reiskiique additamenta vera non esse, ut omittam vel sic vio-
lari membrorum oppositorum concinnitatem. Quid scripserit Lysias perspexit Taylorus, qui una littera deleta locum ita correxit: μηδὲν ἂν δύ
νασθαι παρὰ τῶν πολεμίων ἐξαιτήσασθαι μηδ᾽ ἂν τὰς τῶν προγόνων
ἀρετάς, ut subiecta sint μηδέν et τὰς ἀρετάς eademque vocabula ambo opposita ei quod praecessit τῷ γένει. Quod omnino nulla re servari potuisse
dicuntur Athenienses, id luculentius etiam atque accuratius illustratur
angustiore ac definitiore notione τὰς ἀρετάς, ut ne virtutibus quidem maiorum, quae res multo est generis nobilitate gravior, id fieri potuisse de-
signetur. Persentisces iam quam arguta sit membrorum orationis contra
positorum ratio (ἐπειδὰν ἐξαμαρτάνοντες ληφθῶσι — εἰ ἐδυστυχήσαμεν
διὰ τοὺς οὕτως ἀτακτοῦντας: γένος — μηδέν et μηδὲ τὰς τῶν προγόνων
ἀρετάς: σώζεσθαι — δύνασθαι παρὰ τῶν πολεμίων ἐξαιτήσασθαι),
quamque ad indignationem actoris accommodata. Videtur autem μηδέν
in μηδένα mutatum esse [36]) sive per scribendi errorem sive quod inter-
preti cuidam offensui erat quod praeter consuetudinem res dici videren-
tur deprecari aliquem, non homines. Hoc tamen loquendi genus a Graecorum usu minime abhorret. Insignis est locus Lycurgi in Leocr. § 150
νομίζοντες οὖν, ὦ Ἀθηναῖοι, ἱκετεύειν ὑμῶν τὴν χώραν καὶ τὰ δένδρα,
δεῖσθαι τοὺς λιμένας, τὰ νεώρια καὶ τὰ τείχη τῆς πόλεως, ἀξιοῦν δὲ
καὶ τοὺς νεὼς καὶ τὰ ἱερὰ βοηθεῖν αὑτοῖς, παράδειγμα ποιήσατε Λεω-
κράτη (ubi in ed. mea corrigendum dixi aut τοὺς λιμένας καὶ τὰ νεώ
ρια καὶ τὰ τείχη aut τοὺς λιμένας, τὰ νεώρια, τὰ τείχη: polysyndeton
tamen h. l. praestare puto). Itemque Dinarchi or. 1 § 108 πολὺ ἂν
δικαιότερον ἐλεήσετε τὴν χώραν, ἢ τοὺς ἐξ ἑαυτῆς γεγενημένους ὑμᾶς
ἱκετεύει, παραστησαμένη τὰ ὑμέτερα τέκνα καὶ γυναῖκας, τιμωρήσα
σθαι τὸν προδότην κτἑ. Cf. eiusdem or. 3 § 13. Persimilia autem sunt
illa Ciceronis, unum de lege agr. II 36 § 100: *quemadmodum, cum
petebam, nulli me vobis auctores generis mei commendarunt, sic, si
quid deliquero, nullae sunt imagines, quae me a vobis deprecentur:*
alterum in or. ad Quirites post red. 3 § 7: *me autem — C. Pisonis
generis mei divina quaedam et inaudita auctoritas atque virtus fra-
trisque mei miserrimi et optimi cotidianae lacrimae sordesque lugu-
bres a vobis deprecatae sunt.* Hoc pacto ne μηδέ quidem quicquam
habet in quo offendas. Particulam ἂν autem post μηδέν positam, quam
ego Cobeto auctore in proecdosi cancellis saepseram, nunc ita probo,

---

36) Neutrum οὐδέν restitui ex libris mscr. cum editoribus Tur. in or.
1 § 22 εἰδὼς δ᾽ ἐγὼ ὅτι τηνικαῦτα ἀφιγμένος οὐδὲν ἂν καταλήφοιτο
οἴκοι τῶν ἐπιτηδείων pro οὐδένα ἂν sive οὐδέν ἂν, quod Marklandus voluit,
vel οὐδένα, quod edidit Bekkerus. Neutrum enim interdum veteres scriptores
usurpant, ubi locuntur de hominibus, pariter ac nostrates: v. Schaeferus ad
Demosth. p. 42, 21 et ad Plutarch. V p. 52. Ceterum hunc locum cum eo de
quo disputavimus nullam habere necessitudinem vix est quod commemorem.

ut eam paene necessariam esse contendam. In ea enim expeditione, in qua Alcibiades minor se suo arbitrio ex hoplitarum, inter quos recensitus erat, numero exemit, ut equestrem subiret militiam, proelium commissum esse nullum aperte docemur § 5 μάχην γὰρ οὐδεμίαν γεγονέναι. Unde intellegitur εἰ ἐδυστυχήσαμεν et μηδὲν ἂν δύνασθαι de re dici non facta sed ita posita, uti non est: ʻsi tunc (cum expeditiônenᵣ faciebamus) cladem accepissemus, nihil nos posset ab hostibus deprecari, ne maiorum quidem virtutes.ʼ In oratione non suspensa dictum foret ἡμᾶς δέ, εἰ ἐδυστυχήσαμεν, μηδὲν ἂν ἐδύνατο ἐξαιτήσασθαι, μηδὲ αἱ τῶν προγόνων ἀρεταί. Scilicet clade accepta libertatem amissuri erant Athenienses. Denique in ἂν particula iterata non est quod quis haereat: prius enim ἂν additum est vocabulo μηδέν, ut statim ab initio quae ratio esset huius enuntiationis appareret (cf. Frankius ad Dem. or. 1 § 10), alterum autem voci μηδέ perspicuitatis causa subiunctum, quia μηδ' ἂν τὰς τῶν προγόνων ἀρετάς novum est et ipsum per se constans enuntiatum: v. Hermannus de part. ἂν IV c. 6, Hartungius de partiec. II p. 324, Klotzius quaestt. crit. p. 106. Exemplis in re trita non opus: nostri tamen similia sunt Aeschinis or. 1 § 122 οἶμαι δ᾽ ἄν, εἰ πρὸς ἄλλους τινὰς ἦν ὁ λόγος μοι περὶ τῆς αἰτίας ἧς κρίνομαι, ταῖς ὑμετέραις μαρτυρίαις ῥᾳδίως ἂν ἀπολύσασθαι τοὺς τοῦ κατηγόρου λόγους, et or. 2 § 103 κἂν εἰ τοὺς ὑπηρέτας ἔπεμψεν ἡ πόλις περιθεῖσα πίστιν αὐτοῖς, ἅπαντ᾽ ἂν πραχθῆναι νομίζω. Quare ne Marklandi quidem coniectura μηδ᾽ αὐτὰς τὰς τῶν προγόνων ἀρετάς corrigi volentis necessaria videtur.

Quoniam autem ad verbum deprecandi ἐξαιτήσασθαι forte delati sumus, qua illud vi ac potestate in orationibus Lysiacis usurpari soleat inquiramus. Atque activum quidem verbum ἐξαιτεῖν semel exstat or. 7 § 36, ubi (item ut apud Dem. or. 49 § 52 et Antiph. or. 6 § 27) valet servos deposcere ad quaestionem sive torquendos. Medium autem cum accusativo personae copulatum omnino est tradendum sibi aliquem postulare, or. 2 § 12 in., et ad poenam quidem deposcere or. 12 § 95 extr. Deinde cum accusativo eius personae quae rogatur coniunctum est enixe aliquem rogare, obsecrare, exorare, quo quidem significatu semel legitur or. 14 § 16 ἀναβαίνοντες ὑμᾶς ἐξαιτήσονται καὶ ἀντιβολήσουσιν. Denique ea notione usurpatur, quae cum omnium frequentissime celebratur, tum ad eum locum pertinet, ex quo omnis haec profecta est quaestio, ut sit veniam pro reo petere, vehementer petere ut poena delicti remittatur, sive deprecari: ac primum quidem casu non adiecto sive absolute, ut aiunt, or. 20 § 19 ἀνδρὶ ἐξαιτουμένῳ et § 31 ἐξαιτούμενοι παρ᾽ ὑμῶν τὴν ἀξίαν χάριν ἀπολάβοιμεν ʻdeprecantes poenamʼ (cf. Lycurgi Leocr. § 20 τὰς δεήσεις τῶν ἐξαιτουμένων): sic enim interpretari malo quam passive: ʻdeprecationibus amicorum vestrae poenae erepti᾽, etsi probe scio passivum eadem significatione esse in eadem or. 20 § 15 ἐξῃτημένοι εἰσὶν ὑπὸ τῶν ὑμῖν προθύμων. Hac autem notione plerumque cum accusativo construitur, et quidem vel criminis, ut est apud Aeschinem in Ctes. § 196 et apud Eurip. Androm. 54, nusquam item apud Lysiam, vel reo-

3*

rum, quorum absolutionem ab iudicibus petunt cognati, amici, tribules:
or. 14 § 20 *ἐὰν μέν τινες τῶν συγγενῶν αὐτὸν ἐξαιτῶνται*, or. 21 § 17
ὥστ᾽ οὐκ ἂν εἰκότως ἕτεροί με ἐξαιτήσαιντο (sic nuperrime Emperio
auctore scripsi pro eo quod libri obtinent *ἐξῃτήσαντο*) *παρ᾽ ὑμῶν*, or.
27 § 12 *καὶ νῦν ἴσως ποιήσουσιν ἅπερ καὶ πρότερον ἦσαν εἰθισμένοι
καὶ δημόται καὶ φίλοι*, *κλαίοντες ἐξαιτεῖσθαι αὐτοὺς παρ᾽ ὑμῶν*, ubi
nisi cum Kaysero corrigere velis *καὶ φίλοι*, *καὶ κλαίοντες ἐξαιτήσονται*
(cum C) *αὐτοὺς παρ᾽ ὑμῶν*, aut statuere infinitivum *ἐξαιτεῖσθαι*, qui
libri optimi auctoritate munitur, neglegentius suspensum esse ex verbo
ποιήσουσι, nihil aliud relinquitur quam ut aliquod conandi verbum vel
excidisse vel in *ποιήσουσιν* delitescere existimes. (Praeterea cf. Lycurgi Leocr. § 135. 139, Maetznerus ad Lycurg. p. 304 sq. et de re
Cic. orat. 38 § 131, Weberus ad Aristocr. p. 523 sq.)

Iam vero unus restat Lysiae quamvis ementiti locus, qui mea quidem sententia manu emendatrice eget. Est is or. 20 § 35 *πεπόνθαμεν
δὲ τοὐναντίον τοῖς ἄλλοις ἀνθρώποις. οἱ μὲν γὰρ ἄλλοι τοὺς παῖδας
παραστησάμενοι ἐξαιτοῦνται ὑμᾶς, ἡμεῖς δὲ τὸν πατέρα τουτονὶ καὶ
ἡμᾶς ἐξαιτούμεθα, μὴ ἡμᾶς ἀντὶ μὲν ἐπιτίμων ἀτίμους ποιήσητε, ἀντὶ
δὲ πολιτῶν ἀπόλιδας. ἀλλὰ* (sic Pal. noster pro *ἀλλ᾽*) *ἐλεήσατε καὶ
τὸν πατέρα γέροντα ὄντα καὶ ἡμᾶς.* Haec verba quomodo accipienda
sint dubitari potest. Pleraque interpretum pars ita existimat, ad *τὸν
πατέρα τουτονὶ καὶ ἡμᾶς* e superiore membro eliciendum esse *παραστησάμενοι*, explicans hoc modo: alii liberis productis vos exorant, nos
vero et patrem nostrum et nosmet ipsos producentes rogamus ne nos
iure civili, quo olim integro usi eramus, privatis civitateque excludatis.
Atque *ἐξαιτοῦνται* quidem per loquendi usum hoc designare posse
conspicuum est ex loco quem supra attulimus or. 14 § 16, siquidem
illic verum est *ἐξαιτήσονται*, quod cum simplici verbo *αἰτήσονται* com-
mutari voluit G. A. Hirschigius. Certe rarissima est haec significatio
ac nescio an praeter illum locum nusquam reperiatur. Huc accedit
quod ita ad alterum *ἐξαιτούμεθα* obiectum deest. Denique illa interpretatione admissa non recte constabit oppositio, immo omnino nulla
est inter *ἐξαιτοῦνται ὑμᾶς* et *ἐξαιτούμεθα*. Etenim haec, ni fallor,
sententia inest: ᾽ceteri liberis productis pro se precantur, nos patrem
hunce et nos producentes precamur simul pro patre et pro nobis
filiis: alii se solos deprecantur, nos et patrem et nos ipsos filios.᾽
Itaque correxi *ἐξαιτοῦνται σφᾶς*, ut accusativi *τὸν πατέρα τουτονὶ
καὶ ἡμᾶς* positi sint *ἀπὸ κοινοῦ*, quippe qui et e *παραστησάμενοι* et
ex verbo *ἐξαιτούμεθα* pendeant. Haud raro enim rei semet ipsos deprecari dicuntur: v. Dem. in Mid. § 99 *παιδία γὰρ παραστήσεται καὶ
κλαίσει καὶ τούτοις αὐτὸν ἐξαιτήσεται* et § 151 *σκόπει δὴ μὴ τούτοις
αὐτὸν ἐξαιτήσηται.* Voces autem *ὑμᾶς* et *σφᾶς* et quae eodem pertinent saepius permixtae sunt in libris mscr., veluti or. 12 § 94, ubi pro
σφετέρας, quod coniectura assecutus est Marklandus, in libris legitur
ὑμετέρας.

Ac ne quid desideretur in hac quaestione, de duobus locis disse-
ram, in quibus *ἐξαιτεῖσθαι* praeter necessitatem flagitatum est a viris

doctis.   Unus est or. 12 § 86 ἀλλὰ καὶ τῶν ξυνερούντων (ἀλλὰ καὶ
τοῦτο τῶν ξυνερούντων Kayserus coniecit, neque id temere) αὐτοῖς
ἄξιον θαυμάζειν, πότερον ὡς καλοὶ κἀγαθοὶ αἰτήσονται τὴν αὑτῶν
ἀρετὴν πλείονος ἀξίαν ἀποφαίνοντες τῆς τούτων πονηρίας ·³⁷) — ἢ ὡς
δεινοὶ λέγειν ἀπολογήσονται.   De vitio suspectum habens αἰτήσονται
Canterus maluit ἀπολογήσονται, quo putida exsisteret iteratio. Bergkius,
cui ego olim quamvis dubitantius suffragatus sum in Emendd. Lys.
fasc. p. 9 n., expunctum voluit istud verbum: denique in ἐξαιτήσονται mutandum esse censet Kayserus addito pronomine αὐτούς.
Mihi vero nunc quidem αἰτήσονται defendi posse videtur verbis or. 14
§ 22 οἱ λέγοντες καὶ αἰτούμενοι ὑπὲρ Ἀλκιβιάδου.   Nostro autem loco
e ξυνερούντων αὐτοῖς facili negotio apud animum repetitur ὑπὲρ αὑτῶν, ut nulla subnascatur ambiguitas (de quo Graecorum usu exposui
vindd. Lys. p. 9 n.).
     In altero loco, qui est or. 30 § 35 ἡμεῖς μὲν τοίνυν οὐκ ἠθελή-
σαμεν ὑπὸ τούτων ἀξιούμενοι πεισθῆναι, τὰ δὲ αὐτὸ τοῦτο παρακαλοῦμεν, μὴ πρὸ τῆς κρίσεως μισοπονηρεῖν, ἀλλ' ἐν τῇ κρίσει
τιμωρεῖσθαι τοὺς τὴν ὑμετέραν νομοθεσίαν ἀφανίζοντας, Sauppius
ἐξαιτούμενοι reponi voluit pro ἀξιούμενοι.   Sed illud recte vindicatur
a Koenio ad Greg. Cor. p. 157 (cf. Bekkeri anecd. p. 80), praesertim
cum ἐξαιτεῖσθαι significatione exorandi vix usquam a Lysia in passivo
genere usurpetur: v. quae supra observavimus. — Sed cum ἀξιούμενοι vitio vacat, tum non vacant reliqua verba, in quae per hanc occasionem inquirere libet.   Desideratur primum eorum mentio quos ex-
hortantur accusatores, quam quidem mentionem flagitat etiam membrorum oppositorum ratio : 'ut nos quamvis ab reis magnopere rogati
noluimus exorari (cf. § 34 in. εὖ δ' εἰδέναι χρὴ τοὺς αὐτοὺς τούτους,
ὅτι πολλὰ δεηθέντες τῶν κατηγόρων ἡμᾶς μὲν οὐδαμῶς ἔπεισαν), ita
vos ut idem faciatis exhortamur.'   Unde emergit alicubi deesse ὑμᾶς,
quod quia insigni aliquo loco poni oportebat, ut pronomini ἡμεῖς oppositum esse eluceret, extremo hoc enuntiato post παρακαλοῦμεν cum
Baitero Sauppioque inserui idque eo fidentius feci, quod propter similitudinem exitus verbi παρακαλοῦμεν omitti facile poterat pronomen
ὑμᾶς.   Possis etiam idque ad oppositionis vim efferendam efficacius :
παρακαλοῦμεν καὶ ὑμᾶς.   Sed ne hac quidem curatione adhibita omnibus partibus sincerus locus est, qui ut vulgo scribitur hunc sensum
fundit: 'ut nos noluimus precibus amicorum Nicomachi obtemperare,
ita vos idem illud exhortamur, ut ne ante iudicium maleficos deteste-
mini, sed in ipso iudicio in eos animadvertatis qui leges vestras tollere
animum inducunt.'   Verum non idem est, credo, precibus deprecan-
tium morem non gerere atque quem quisque animum ante iudicium in
maleficos declaraverit infestum, eundem in ipso iudicio non probare.
Immo vero actor cum iudices hortatur ut idem faciant quod fecerint
ipsi accusatores, hortatur ut ne precibus deprecatorum flectantur neve

---

37) Libri τῆς πονηρίας sine τούτων, quod postulat oppositio eorum
quae antecesserunt τὴν αὑτῶν ἀρετήν.

se alios ante iudicium, alios in ipso iudicio esse velint. Hinc apparet
καί particulam ante μή ab Lysia additam esse, id quod vidit Marklandus. Proinde scripsi τὸ δὲ αὐτὸ τοῦτο παρακαλοῦμεν ὑμᾶς, καὶ μὴ
πρὸ τῆς κρίσεως μισοπονηρεῖν.

Orationis septimae decimae[38])

15 § 4 ὅτι μὲν τὰ Ἐράτωνος δικαίως ἂν ἡμέτερα εἴη, ἐκ τούτων
ῥᾴδιον εἰδέναι, ὅτι δὲ πάντα δημεύεται, ἐξ αὐτῶν ἀπογράφω·
τρεῖς γὰρ καὶ τέτταρες ἀπογεγράφασι. καίτοι τοῦτό γε παντὶ εὔ
γνωστον, ὅτι οὐκ ἂν παραλιπόντες εἴ τι ἄλλο τῶν Ἐράτωνος
οἷόν τε ἦν δημεύειν τὴν πάντα τὰ Ἐράτωνος ἀπέγραφον καὶ
λέγω πολὺν ἤδη χρόνον κέκτημαι. Haec vitiose leguntur in cod.
X. (λέγω testibus Sauppio et Kaysero, non λόγῳ, ut rettulit Bekkerus, illudque habet etiam Vindob. omnium fidelissimus archetypi
sectator in Reiskii var. lect. p. 697). Et certa quidem est Reiskii
emendatio ἐξ αὐτῶν τῶν ἀπογραφῶν 'ex ipsis indicibus'. Schottus
autem in observv. hum. IV 10 rectius scribi posse autumans τρεῖς
γὰρ ἢ τέτταρες vehementer falsus est. Instar omnium appello C.
Wexium in prolegg. ad Taciti Agr. p. 30 sq. Sed quae subsecuntur
καίτοι τοῦτό γε — κέκτημαι dubium non est quin graviorem contraxerint labem, cui corrector Laurentianus hanc incredibilem ac
temerariam adhibebat medicinam, ut scriberet: ὡς οὐκ ἂν παρέλι
πον, εἴ τι ἄλλο τῶν Ἐράτωνος οἷόν τε ἦν δημεύειν, οἱ πάντα τὰ
Ἐράτωνος ἀπογράφοντες· ἐγὼ δὲ πολὺν ἤδη χρόνον κέκτημαι, eamque correctionem persuasit Bekkero. Sed unde tandem et quomodo
tam facile intellectu est, recensores nihil praetermissuros fuisse, si
quid aliud bonorum Eratonis publicari potuisset? Mihi quidem in
promptu non est. Immo vero demonstrandum hoc erat, nec profecto Lysias, quod insigne fuit eius singula quaeque rationibus
comprobandi confirmandique studium, illud tam nude posuisset
quin aliquo astruxisset argumento. Deinde haec verba ἐγὼ δὲ —
κέκτημαι quorsum spectent aut quo sint adiecta consilio vix intellegas: neque enim quid fuerit illud quod possedit actor ostendunt et
argumentationis seriem mirifice turbant. Orator universa Eratonis
bona, quae sua sint de iure, publicata aerarioque addicta esse dicit:
id conspici posse ex eo, quod non unus, sed complures bona in indicem rettulerint: iam vero illos in recensendis Eratonis bonis nihil
quod publicare potuissent praetermissuros fuisse, sed universa in
tabulas rettulisse ex eo apparere, q u o d   e t i a m   e a i n i n d i c e m
r e d e g e r i n t,   q u a e   i p s e   i a m   e x   l o n g o   u s q u e   t e m p o r e
p o s s e d e r i t.   Quibus verbis significat agrum Sphettium, quem ex
hereditate acceperat aliquando Erasistratus (§ 6), sed qui patri acto-

---

38) Inscribitur δημοσίων ἀδικημάτων in Pal. nostro. Περὶ δημο
σίων ἀδικημάτων ceteri libri. Περὶ δημοσίων χρημάτων cum Schotto
Bekkerus et editores Tur. Inscriptio utique falsa est, sive ἀδικημάτων
sive χρημάτων ponitur.

ris in lite *παραβάσεως συμβολαίων* (cf. Meierus Proc. Att. p. 510,16
Hoelscherus de Lysia p. 88), tribus ante annis ab iudicibus assigna-
tus erat ideoque post mortem patris de iure et sine ulla controversia ab actore occupatus obtinebatur. Hac argumentatione usum
esse oratorem ex parte sensit Reiskius, pro sagacitate sua plane
perspexit Sauppius in epist. crit. ad G. Hermannum p. 15.[39]) Sed
quod ille suspicatus est Lysiam dedisse: *ὅτι οὐκ ἂν παραλιπόντες,
εἴ τι ἄλλο τῶν Ἐράτωνος οἷόν τε ἦν δημεύειν. ἀπογράφοντες τοίνυν πάντα τὰ Ἐράτωνος ἀπέγραφον καὶ ἃ ἐγὼ πολὺν ἤδη χρόνον
κέκτημαι*, id idem Sauppius cum *ταυτολόγον* esse videret ('qui omnia in indicem rettulerunt, eos patet nihil praetermisisse'), ferri posse
negavit.   Ipse igitur adulterina illa codicis C lectione repudiata locum ita correxit: *καίτοι τοῦτό γε παντὶ εὔγνωστον, ὅτι οὐκ ἂν παραλιπόντες, εἴ τι ἄλλο τῶν Ἐράτωνος οἷόν τε ἦν* (intell. *ἀπογράφειν*), *οἱ δημεύοντες πάντα τὰ Ἐράτωνος ἀπέγραφον, εἰ καὶ
ἃ ἐγὼ πολὺν ἤδη χρόνον κέκτημαι*. Praetermitto quam sit dura
vel, ut rectius dicam, ambigua infinitivi *ἀπογράφειν* ad *οἷόν τε ἦν*
omissio: quivis enim potius *παραλιπεῖν* e superioribus mente repe-
tierit quam *ἀπογράφειν* ex eo quod sequitur *ἀπέγραφον*: illud vero
gravissimum est, quod *οἱ δημεύοντες* ab hoc loco sunt alieni. Nam
aut ipsi accusatores aut aliqui ex eorum amicis, quibus demanda-
tum erat id negotium, aut nonnumquam etiam demarchi (cf. Meierus
de bonis damn. p. 203 sqq., Boeckhius oecon. civ. Ath. I p. 665)
ἀπογράφουσι sive *ἀπογράφονται* bona publicanda, publicantur
autem iam *ἀπογραφέντα*.   Discrimen hoc, quo *δημεύειν* actionem
publicationis universe designat a senatu vel populo vel iudicibus
decretam, *ἀπογράφειν* autem rationem, qua *δήμευσις* efficitur (das
Inventar aufnehmen), accurate observatum videmus, velut apud
Dem. or. 40 § 22 *τῆς οὐσίας ἀπογραφείσης καὶ δημευθείσης* et in
Androt. § 54 *ἀφεὶς τὸ τὰ χωρία δημεύειν καὶ τὰς οἰκίας καὶ ταῦτ'
ἀπογράφειν*, apud Pollucem VIII 95 *τὰς ἀπογραφὰς τῶν δημευομέ-
νων ἀναγιγνώσκουσι.* Sequitur *τοὺς δημεύοντας*, siquidem usquam
dicti sunt, non potuisse *ἀπογράφειν* diei.   Hoc non videtur prae-
terisse Sauppium, qui *δημεύοντες* Latine interpretatus sit: 'qui pu-
blicationem curarent', non recte mea quidem sententia: bona enim
in indicem relata *πωλήταις* tradebantur vendenda (cf. Hermanni
Ant. publ. Gr. § 151, 2).   Quod autem duo haec vocabula *δημεύειν
τὴν* a libris subministrantur, quibus conflatis Sauppius effecit *οἱ
δημεύοντες*, non magni id facio. Etenim *τήν* ex *διττογραφίᾳ* supe-
riorum vocularum *τ' ἦν* natum videtur.   Cum igitur ne Sauppii quidem coniectura corruptela tollatur, vide meliusne tibi placeat mea
ratio, qua leniore medella adhibita ita scripsi: *καίτοι τοῦτό γε παντὶ* 17
εὔγνωστον, ὅτι οὐκ ἂν παραλιπόντες, εἴ τι ἄλλο τῶν Ἐράτωνος

---

39) Quae ipse ante hos viginti annos de eodem loco commentatus
sum in observv. quas scripsi in oratores Att. p. 8, ea nunc satius duco
silentio praeterire.

17 οἷόν τε ἦν δημεύειν, πάντα τὰ Ἐράτωνος ἀπέγραφον, [ἀπογρά-
φοντες] καὶ ἃ ἐγὼ πολὺν ἤδη χρόνον κέκτημαι. In quibus quod
ego de coniectura insefui ἀπογράφοντες ipsam causam continet,
ex qua cognosci possit recensores nihil quicquam praetermissuros
fuisse, sed universa‑bona Eratonis in indicem rettulisse. Deinde
particulam ἄν ad solum participium παραλιπόντες referendam recte
tuetur Sauppius conferens similem locum or. 21 § 20, ubi quod in
cod. X scriptum est οὐκ ἂν δυνάμενοι δ' ὑπὲρ τῶν σφετέρων ἁμαρ-
τημάτων ἀπολογήσασθαι ἑτέραν κατηγορεῖν τολμῶσι cum displicuis-
set scribae Laurentiano, particulam ἄν proscripsit, proscriptam critici Tur. et ego revocavimus. Iam vero erunt fortasse‑qui offen-
dant ad iterationem eiusdem nominis Ἐράτωνος in enuntiatis proxime sese excipientibus institutam. Nimirum significanter altero
loco nomen iterum posuit, ut iudicibus cum vi inculcaret oppositionem quae intercedit inter τὰ Ἐράτωνος et ἃ ἐγὼ — κέκτημαι:
'perspicúum est eos omnia Eratonis bona in indicem rettulisse,
cum etiam mea rettulerint, quae aliquando iudicum sententiis ex
Eratonis bonis mihi (vel potius patri meo) adiudicata sunt.' Cuius
repetitionis si quis exempla requirat, congesta a me reperiat vindd.
Lys. p. 75 et 82 sq., quae nostro sunt ex parte insolentiora et du-
riora, velut illud Aeschinis de f. leg. § 18 et in Ctes. § 134 ipsius-
que Lysiae or. 13 § 46 extr. Quibus adde Aesch. in Ctes. § 57 et
160 extr.

Ceterum § 5 extr. quoniam διαγράψαι omnes et antiquorum
scriptorum et grammaticorum loci ἡγεμόνος δικαστηρίου, διαγράψασθαι autem actoris fuisse testantur (cf. Meierus Proc. Att.
p. 27 n. 3), Meieri et Dobraei emendationem διεγράψαντο recipere non dubitavi, licet in libris mscr. omnibus activum legatur.
Harpocratio quidem p. 57, 3 Bekk. verbum διαγράψασθαι ex oratione in Nicidam affert, nostrae orationis mentfonem non faciens,
ex quo silentio forsitan quis colligat lexicographum non novisse medium hoc loco positum. At id non continuo sequitur. Nam ne infra quidem l. 10, ubi activum διαγράψαντος, quamvis insolentiore
vi a Dinarcho usurpatum, explicat, nostri loci meminit. Nihil autem egit Bremius, qui διέγραψαν retinendum esse censens subiectum mente supplendum arbitratus est οἱ ἡγεμόνες τοῦ δικαστηρίου, quo facto pro ἔμποροι φάσκοντες εἶναι corrigendum ei fuit
ἐμπορικὰς φάσκοντες εἶναι. Rei obscurae lucem afferunt quae mo-
nita sunt et a Boeckhio in oecon. publ. Ath. I p. 72 ed. alt. et a
Bergkio in diurnis antiq. a. 1845 p. 948 sq.

Orationis undevicesimae

4 § 25 Δῆμος γὰρ ὁ Πυριλάμπους, τριηραρχῶν εἰς Κύπρον, ἐδεήθη μου προσελθεῖν αὐτῷ, λέγων ὅτι ἔλαβε σύμβολον παρὰ βασιλέως τοῦ μεγάλου φιάλης μὲν χρυσῆς, ὡς Ἀριστοφάνην λαβεῖν ἑκκαίδεκα μνᾶς ἐπ' αὐτῇ ἄν ἔχοι ἀναλίσκειν εἰς τὰς
τριηραρχίας· ἐπειδὴ δὲ εἰς Κύπρον ἀφίκοιτο, λύσασθαι ἀποδοὺς

εἴκοσι μνᾶς· πολλῶν γὰρ ἀγαθῶν καὶ ἄλλων χρημάτων εὐπορή- 4
σειν διὰ τὸ σύμβολον ἐν πάσῃ τῇ ἠπείρῳ. Dedi haec, quemadmodum in cod. X leguntur, quae tamen partim corrupta partim turbata
esse senserunt interpretes omnes. Ac primum quidem αὐτῷ ad
Aristophanem referendum esse elucet e verbis § 26 Ἀριστοφάνης
τοίνυν ἀκούων μὲν ταῦτα Δήμου hac sententia: ʻDemus, Pyrilampis filius, petiit a me ut Aristophanem convenirem.ʼ Qua cum
sententia quomodo cohaereant quae secuntur ὡς Ἀριστοφάνη λαβεῖν
ἑκκαίδεκα μνᾶς ἐπ᾽ αὐτῇ sanequam obscurum est. Infinitivum λαβεῖν quominus ab ἐδεήθη aptum esse credamus, quae est Bremii
opinio, primum impedit vincientis particulae ante ὡς defectus, ut
recte observavit Foertschius in observv. crit. in Lysiae oratt. p. 44:
asyndeto enim hic locus est nullus. At, inquiat quispiam, repéries
particulam istam a te desideratam in cod. C, qui habet καὶ ὡς Ἀριστοφάνη λαβεῖν. Sed admissa illa particula quae tandem exit sententia? ʻDemus petiit a me ut adirem Aristophanem eumque roga-
rem ut pro phiala aurea accipere vellet sedecim minas.ʼ Immo
vero ipsum contrarium requiritur. Demus enim per actorem huius
orationis rogavit ut ille sibi suppeditaret sedecim minas. Quod
sentiens etiam Bremius λαβεῖν generali notione accipiendum sibi videri dicit, ut valeat ʻcapere quod des alteri, h. l. pecuniam
sive ex suis ipsius opibus sive ex aliorum mutuo sumptam.ʼ Est
sane nova ista et, ut opinor, inaudita huius verbi notio. Sed con-
cedamus eam, quam non concedimus: num Demus, siquidem sana
mente erat, rogare actorem poterat ut Aristophanes sibi (i. e. Demo)
procuraret pecuniam? Poterat hoc tantum eum rogare, ut id persuaderet Aristophani. Nempe rogamus aliquem ut ipse, non ut
alius quid faciat. Hoc quoque subodoratus Bremius illam persua-
dendi notionem obtrusit sententiae: ʻeumque rogabat ut
Aristophani, sub cuius auspiciis subsidia mitterentur, persuaderet
ut sedecim sibi minas procuraretʼ: quod per leges linguae fieri
nullo modo potest. Tum haud facile quisquam eruat quamnam
Bremius inesse voluerit vim in particula ὡς, quam aut abesse oportebat aut, si aderat, pro infinitivo optativum poni (cf. Foertschius
l. d.). Denique, quod argumentum nolim minimi aestimari, in
priore loco eiusdem enuntiationis ab eodem verbo ἐδεήθη aptae
Aristophanes, utpote quem intellegendum esse nemini obscurum
esse possit, pronomine αὐτῷ insignitus est, in posteriore, tamquam 5
eiusdem nondum mentio facta esset, nominatim appellatus: ὡς Ἀριστοφάνην λαβεῖν. Profecto exspectabatur potius inversus ordo:
προσελθεῖν Ἀριστοφάνει — ὡς αὐτὸν λαβεῖν. Quoquo igitur te
verteris, nihil cernes quo vulgatam scripturam suffulcias. A coniectura igitur salus petenda est. Ac Marklandus quidem pro λαβεῖν
scribendum censet βαλεῖν, quod καταβαλεῖν, deponere, tradere
interpretatur. At primum is ad quem huius notionis probandae
causa provocat locus Diogenis Laërtii Socr. 20 (τὸν Σωκράτη) τι-
θέντα γοῦν τὸ βαλλόμενον (i. e. τὸ εἰσβαλλόμενον) κέρμα ἀθροίζειν·

5 εἶτ' ἀναλώσαντα πάλιν τιθέναι parum idoneus est, omninoque dubito num apud scriptores aetatis Lysiacae ita usurpatum sit βάλλειν.
Ac licet vice fungatur verbi καταβάλλειν, hoc ipsum tamen non id
designat, quod eo designari vult Marklandus quodque loci ratio ef-
flagitat: nam καταβάλλειν, cum aut persolvendi significatum obti-
neat aut idem fere sit quod κατατιθέναι, is demum dici potest, qui
aliquid servandum custodiendumque deponit, non tamen ab altero
rogatus, neque eo consilio ut inde usuras lucretur, velut apud
Dem. or. 34 § 46 εἰ μὲν γὰρ ἡ μαρτυρία ἡ τοῦ Λάμπιδος κατεβάλ-
λετο ἐνταῦθα (in tabulario publico), et or. 18 de corona § 55 ψευδεῖς
γραφὰς εἰς τὰ δημόσια γράμματα καταβάλλεσθαι. Eadem insuper
in hac coniectura offensioni sunt, quae in vulgata scriptura repre-
henduntur. Neque vero Reiskii suspitione δανείσαντα post λαβεῖν
inserendum putantis illae molestiae amoventur. Quod cum minime
fugisset Foertschium, ipse in observv. crit. p. 44 periculum fecit
loci huius in integrum restituendi, sic scripsisse Lysiam ratus: λέγων ὅτι ἔλαβε σύμβολον παρὰ βασιλέως τοῦ μεγάλου φιάλην χρυσῆν καὶ ὡς Ἀριστοφάνης λαβὼν ἐκκαίδεκα μνᾶς ἐπ' αὐτῇ παρέχοι ἀναλίσκειν εἰς τὰς τριηραρχίας. Correctionem καὶ ὡς petiit e
cod. Laur. C, ad λαβών cogitatione addendum censuit φιάλην χρυσῆν, denique παρέχειν de suppeditanda et mutuo danda pecunia
accepit. Sunt haec omnia pro egregia Foertschii diligentia et
doctrina usu exemplisque testata, non nego: Lysiana esse pace viri
eruditissimi negaverim. Primum enim ambiguitas, quae inde oritur quod participium λαβών excipitur verbis ἐκκαίδεκα μνᾶς, qui-
buscum illud ipsum λαβών in legendo copulatur, offendiculo est:
quam ambiguitatem facili negotio evitare potuit orator hoce ordine
usus: λαβὼν παρέχοι ἐκκαίδεκα μνᾶς. Deinde etsi non moror va-
riatam orationem, qua post verbum dicendi in priore membro con-
iunctionem ὅτι, in altero particulam ὡς positam vult correctionis
auctor (coll. nostrae orat. §§ 41. 55, or. 17 § 2, or. 26 § 3 al.), tamen quod sententia primaria, quae utique inest in his καὶ ὡς Ἀριστοφάνης λαβών — παρέχοι quaque id ipsum contineatur necesse
6 est, quod ab Aristophane peti vult Demus, cum secundaria ὅτι ἔλαβε
σύμβολον ita conglutinatur, ut ex eodem verbo λέγων pendeat, id
vero adduci non possum ut probem. Huc accedit quod haec καὶ
ὡς Ἀριστοφάνης — παρέχοι cum a dicendi verbo apta sint, possint etiam in hanc sententiam accipi: 'dicens — Aristophanem
suppeditare sedecim minas', non necessario admixta voluntatis
significatione, quam Foertschius intrusit explicans: 'dicens se accepisse a rege Persarum pateram auream pignoris loco, quam vellet accipere Aristophanes ipsique suppeditare sedecim minas'. —
Porro Albertus Dryander, amicus Halensis, in comm. de Antiphontis Rhamnusii vita et scriptis (Hal. 1838) p. 59 sq. de Demo,
Pyrilampis filio, copiose accurateque disputans et nostrum quoque
locum examinans Ἀριστοφάνη eiciendum esse arbitratur, utpote
quod ex Ἀριστοφάνει explicandi causa ad praecedens αὐτῷ ascripto

ortum et falso in ordinem verborum illatum sit. At ne dicam de 6
ceteris incommodis, neglegens exsistit et horrida oratio, qua vereor
ut usus sit orator ad ineomptum familiaris vitae sermonem signifi-
candum. [40]) — Tum Kayserus voluit — χρυσῆν, ἣν ὑποθήσειν εὐ-
θέως Ἀριστοφάνει λαβὼν κτέ., quae emendatio ut sententiae non
contraria sit, tamen longius distat a scriptura codicis. — Postremo
Rauchensteinius, qui rationes loci sanandi superiore tempore a se
adhibitas nunc ipse repudiat, quod nuperrime de coniectura Sauppii
recepit ὅτι ἔλαβε μὲν — χρυσῆν, δώσει δ' Ἀριστοφάνει λαβὼν ἑκκ.
μνᾶς ἐπ' αὐτῷ ἵν' ἔχοι, in eo verbum δώσει de oppigneratione usurpatum displicet. — Bakii vero coniecturam in scholicorum hypo-
mnaem. vol. III p. 239 expromptam sciens praetermitto.

Ego vero cogitans, quod eadem enuntiatione idem homo prius
pronomine ἀναφορικῷ (αὐτῷ), dein ipso nomine (ὡς Ἀριστοφάνη)
dicitur, id et a loquendi consuetudine et vero etiam ab omni ratione
vehementer abhorrere, verba ὡς Ἀριστοφάνη expungenda esse 7
persuasum habeo: αὐτῷ enim cum ad quem pertineret inter-
preti cuidam ambiguum videretur, nimirum hoc ne cuiquam obscurum esset, addidit ille ὡς Ἀριστοφάνη sive per heteroclitum
accusativum, qui reperitur in cod. X, ὡς Ἀριστοφάνην 'ad Aristophanem'. Deinde ante λαβεῖν adiciendam duxi part. καί, ut
non Aristophanes, sed iam actor huius orationis dicatur rogatus
esse ut ipse pro patera ab Aristophane Demi nomine sedecim minas acciperet. Th. Bergkius meus, qui in similem se sententiam
incidisse mecum communicavit, pariter καί ante λαβεῖν inserendum,
αὐτῷ vero secludendum esse iudicavit verbis ὡς Ἀριστοφάνη ser-
vatis. Cui suspitioni et inconcinna verborum collocatio obstat et id,
quod verisimilius est ad αὐτῷ interpretationis causa assuisse quen-
dam ὡς Ἀριστοφάνην quam vicissim. In eadem sententia etiam
nunc persto, quoniam mihi quod verisimilius esset nondum contigit
ut exquirerem. Westermannum quidem certe nactus sum assen-
tientem.

---

40) In eis quae § 26 secuntur: ἀλλ' ὤμνυε καὶ προσδεδανεῖσθαι 6
τοῖς ξένοις ἄλλοθεν, ἐπειδὴ ἥδιστ' ἀνθρώπων ἄγειν τε εὐθὺς
ἐκεῖνο τὸ σύμβολον καὶ χαρίσασθαι ἡμῖν ἃ ἐδεόμεθα cod. Laur. C
pone ἐπειδὴ lacunam refert duodecim litterarum, credo, quod scriptor
eius verbum, ex quo infinitivi penderent, desideravit. Huic codicis fal-
lacis notae merito nihil tribuens idem Dryander l. d. p. 60, ut sententiam
in integrum restitueret, suspicatus est scribendum esse ἐπεὶ ἥδιστ' ἂν
ἄγειν deleto vocabulo ἀνθρώπων. Frustra. Omnia sarta tecta sunt,
dummodo ἂν part. cum Marklando inseras ante ἀνθρώπων, qui genetivus ad superlationem augendam superlativis haud raro subiungitur: v.
Schaeferus ad Demosth. p. 356, 22 et p. 819, 7 et Boissonadius ad Philostr.
Heroica p. 571. Deinde ἐπειδή, quod hac vi fortasse rectius divisim scribitur ἐπεὶ δή, interdum vicem sustinet particulae simplicis ἐπεί, veluti
apud Thuc. VII 13 ἐπειδὴ — ὁρῶσιν, similiterque ἐπειδή γε saepius
valet quoniam quidem, de quo significatu v. Weberus ad Dem. Aristocr.
p. 446. De infinitivis cf. Dryander l. d.

7   Praeterea pro φιάλης μὲν χρυσῆς, quod est i⬤cod. archetypo,
cum Bekkero Turicensibusque editoribus e Laur. C reposui φιάλην
χρυσῆν, non auctoritate huius codicis adductus neque quod repre-
henderim genetivum — Reiskio enim interprete σύμβολον φιάλης
est φιάλη δεδομένη τινὶ ἐπὶ τῷ εἶναι σύμβολον —, sed quod μέν
neque in oratione neque in sententia quicquam habet quo pertineat
(non enim ea ratione defendi potest particula, qua defenditur in eis
oratorum locis, de quibus exposui observv. in oratt. Att. p. 19 sqq.),
idque ipsum nihil aliud esse videtur nisi vestigium residuum accusativi obliterati φιάλην. Tum codicem X, in quo scriptum legitur
ἂν ἔχοι, voluisse ἃς ἔχοι, quod Aldina exhibet, scripturam autem
codicis C ὡς ἃς ἔχοι inde natam esse, quod scriptor eius ἃς per ὡς
explicaturus ambo vocabula iuxta posuerit, facile intellegitur.
          Sed miror quid sit cur plurali τὰς τριηραρχίας utatur
orator, cum procul dubio unam trierarchiam, non plures suscepe-
rit Demus. Id enim nec factum est umquam, quod quidem sciam,[41])
nec potuit fieri ab homine, qui ut sedecim minas acciperet pateram
auream oppignerare coactus est. Quod cum ita sit, equidem vix
dubito quin Lysiae mentem assecuturus sim, si levi mutatione cor-
rexero: εἰς τὰ τῆς τριηραρχίας i. e. ad ea quae ad trierarchiam
pertinent: quae qualia fuerint explicat Boeckhius oecon. publ. Ath.
I p. 712 sqq. ed. alt. idemque in titulis naval. p. 194 sqq. In X quidem exaratum est εἰς τὰς τριηρα⟨ρ⟩χῖ·, in quibus signis Sauppius
nuper delitescere existimavit εἰς τὴν τριηραρχίαν, idque reposuit
Rauchensteinius.
          Mox praeeuntibus Baitero Sauppioque suscepi correctiones H.
Stephani λύσεσθαι pro λύσασθαι et πολλῶν γὰρ ἀγαθῶν καὶ ἄλ-
8 λων καὶ χρημάτων pro πολλῶν γὰρ ἀγαθῶν καὶ ἄλλων χρημάτων.
'Sunt enim χρήματα' ut Reiskii verbis utar 'etiam in numero bonorum, verum tamen non sunt sola bona'. Nec vereor ne cui in mentem veniat ita tueri vulgatam scripturam, ut ἄλλων ad sententiam
supervacaneum esse statuat, uti est in or. 7 § 30 ἐνθυμουμένους καὶ
ἐκ τῶν εἰρημένων καὶ ἐκ τῆς ἄλλης πολιτείας, eiusdem or. § 32 οὔτ'
ἂν περὶ φυγῆς οὔτ' ἂν περὶ τῆς ἄλλης οὐσίας ἠγωνιζόμην (ubi G.
A. Hirschigius in miscell. philol. et paed. fasc. II [Amstel. 1850]
p. 131 collata § 3 perperam delendum censuit ἄλλης), or. 18 § 11,
or. 24 § 3 (ubi e cod. X cum Turicensibus restitui καὶ τὴν διάνοιαν
ἔξω καὶ τὸν ἄλλον βίον διάξω pro eo quod Bekkerus e cod. C dederat καὶ τὸν βίον omissa voce ἄλλον), or. 26 § 9 et in eis locis
quos ego praeterea congessi in observv. in oratt. Att. p. 9 sq. et in
Schneidewini Philologo III p. 543' sq. Nam hoc dictionis genus
admitti non potest, si species (τῶν χρημάτων) subiungitur generi
(ἀγαθῶν), sed tum demum, cum novum quiddam, quod ipsum est
de alio genere quam quod praecessit, additur praegressis. Usitatius

41) Certe nemo binas eodem anno liturgias praestare cogebatur: cf. Hermanni Ant. publ. Gr. § 162, 15, Schoemanni Ant. iuris publ. Gr. p. 329.

erat πολλῶν τε γὰρ ἄλλων ἀγαθῶν καὶ χρημάτων, id tamen ita va- 8
riavit orator ut diceret πολλῶν γὰρ ἀγαθῶν καὶ ἄλλων καὶ χρημάτων.

Quod in inaudito isto τὰς τριηραρχίας alterum articulum altero
absorptum esse vidimus, idem factum animadvertere licet in or. 33
Olymp. § 7 ἡγεμόνες ὄντες τῶν Ἑλλήνων οὐκ ἀδίκως καὶ *) διὰ τὴμ
ἔμφυτον ἀρετὴν καὶ διὰ τὴν πρὸς τὸν πόλεμον ἐπιστήμην, ubi mihi
cum Reiskio scribendum esse videbatur διὰ τὴν τῶν πρὸς πόλεμον
ἐπιστήμην. Graecos enim ἡ πρός τι ἐπιστήμη dicere potuisse nego.
Westermannus διὰ τὴν περὶ τὸν πόλεμον ἐπιστήμην, non male. —
Simili modo in or. 25 § 33 pro his διὰ τοὺς ἐκ Πειραιᾶς κινδύνους Baiterus Sauppiusque correxerunt διὰ τοὺς τῶν ἐκ Πειραιᾶς
κινδύνους. Tamen in editione mea me malle dixi διὰ τοὺς ἐκ Πειραιᾶς κινδυνεύσαντας vel διὰ τοὺς ἐκ Πειραιᾶς voce κινδύνους
propter oppositum δι' ἑτέρους e medio pulsa: in quam coniecturam
etiam Cobetum incidisse Var. Lectt. p. 374 sero cognovi eamque tam
gravi confirmari auctoritate vehementer laetor.

Or. 19 § 34 εἴ τις ὑμῶν ἔτυχε δοὺς Τιμοθέῳ τῷ Κόνωνος τὴν
θυγατέρα ἢ τὴν ἀδελφήν, καὶ ἐκείνου ἀποδημήσαντος καὶ ἐν διαβολῇ
γενομένου ἐδημεύθη ἡ οὐσία, καὶ μὴ ἐγένετο τῇ πόλει πραθέντων
ἁπάντων τέτταρα τάλαντα ἀργυρίου, διὰ τοῦτο ἠξιοῦτε ἂν *) τοὺς
ἐκείνου καὶ τοὺς προσήκοντας ἀπολέσθαι, ὅτι οὐδὲ πολλοστὸν μέρος τῆς δόξης τῆς παρ' ὑμῖν ἐφάνη τὰ χρήματα; Ita Bekkerus. Aristophanis bona publicata cum opinione vulgi minora inventa
essent, Aristophanis socer in suspitionem de. surrepta summotaque
fortunarum generi parte aliqua adductus et in iudicium vocatus est.
Hic cum ante iudicium decessisset, filius eius causam patris hac oratione defendendam suscepit. Atque hoc quidem loco ut suspitionem
statim in cognatos conicere iniquum esse ostendat, si opes alicuius
publicatae non tantae esse videantur, quantas eas fore homines opinati
sint, fingit aliquem audientium sororem suam filiamve Timotheo, Co-
nonis filio, nuptum dedisse, cuius bona si forte publicata essent eorumque e sectione ne quattuor quidem talenta redacta: ideone, inquit,
aequum censeretis necessarios atque propinquos amittere bona sive
eis esse spoliandos, quod longe infra spem vestram inventae essent
illius facultates? Ex quo primum illud perspicuum est pro ἀπολέσθαι
cum Bergkio levi mutatione corrigendum esse ἀπολέσαι *), prae-

---

42) [G. A. Hirschigius l. d. p. 144 speciose coniciens οὐκ ἀδίκως
ἀλλὰ διὰ tamen frustra est. Verbis enim καὶ διὰ — ἐπιστήμην causa
indicatur quare non iniuria sint Lacedaemonii Graecorum principes. Quodsi
pro οὐκ ἀδίκως ponatur δικαίως, nihil iam fuerit cuiquam offendiculo:
'qui principes sunt Graecorum non iniuria (sive: idque iure) cum propter
virtutem insitam tum propter rerum bellicarum scientiam'. 43) Sic rursus
scripsi secundum C cum Bekkero pro ἠξιοῦτε, quod cum Turr. in ed.
priore dederam: in ipso enim X particulae ἂν utique necessariae vestiglum
esse videtur, cum is mendose exaratum habeat ἠξίουν. 44) ἀπολέσαι
cum ἀπολέσθαι permutatam etiam § 54 βούλεσθε ·ἡμᾶς δικαίως σῶσαι
μᾶλλον ἢ ἀδίκως ἀπολέσαι, ubi quod libros occupavit ἀπολέσθαι vix ac

sertim cum eodem verbo usus sit Lysias in loco gemino § 38 τούτου
ἕνεκα ἠξιοῦτε (scr. ἂν ἀξιοῦτε, nisi forte in superioribus ἐδημευσατε et
hic ἂν ἠξιοῦτε praeferas) τοὺς ἀναγκαίους τοὺς ἐκείνου τὰ σφέτερ᾽ αὐτῶν ἀπολέσαι; Quae enim sunt § 45 ἐγὼ μὲν οὐκ ἀξιῶ — οὕτω
πολλὰ καὶ μεγάλα τεκμήρια παφασχομένους ἡμᾶς ἀπολέσθαι ἀδίκως
huc non faciunt. Sed haec quasi in transcursu. Id agimus ut qua
possit ratione sanari vel resarciri scriptura vulgaris τοὺς ἐκείνου καὶ
τοὺς προσήκοντας perscrutemur. Nam ferri eam non posse consen-
tiunt interpretes omnes. Stephano quidem, quocum faciunt Marklandus et Reiskius, delenda videntur verba καὶ τοὺς ante προσήκοντας:
Sauppius, quem ego secutus sum in ed. pr., sic illa transposuit: καὶ
τοὺς προσήκοντας τοὺς ἐκείνου. Age vero; quid codex noster? Habet ille τοὺς   ἐκείνου καὶ τοὺς προσήκοντας lacuna inter
τοὺς et ἐκείνου relicta, ut vocabulum, quod scriba in exemplo suo legere non potuerit, omissum esse appareat. Quod quidem vocabulum,
ut expleretur hiatus, ex altero qui nostrum egregie illustrat loco § 38
repetii atque verbis inserui in hunc modum: ἠξιοῦτε ἂν τοὺς ἀναγκαίους τοὺς ἐκείνου καὶ τοὺς προσήκοντας: 'necessarios illius et
propinquos'. Itidem ab Isaeo or. 1 § 2 coniunguntur οἱ οἰκεῖοι καὶ οἱ
προσήκοντες.

Eodem modo § 55 περὶ μὲν οὖν αὐτῆς τῆς γραφῆς καὶ ᾧ τρόπω
κηδεσταὶ ἡμῖν ἐγένοντο — ἀκηκόατε καὶ μεμαρτύρηται ὑμῖν·
περὶ δ᾽ ἐμαυτοῦ βραχέα βούλομαι ὑμῖν (pron. addit Pal.) εἰπεῖν in
cod. archetypo spatium vacuum est post μεμαρτύρηται ὑμῖν, quod
vide ne ita reconcinnandum sit, ut ἱκανῶς intericiatur. Nam etsi
hoc incertius esse non diffiteor, tamen quoniam spatium casu aut fortuito vacuefactum esse credibile non est, illa accessio si non omnes
veritatis numeros at certe aliquid habet probabilitatis.

At praepropere me de lacuna cogitasse confiteor § 50 αὐτοὶ γὰρ
ἔναγχος ἠκούετε ἐν τῇ ἐκκλησίᾳ, ὡς Διότιμος ἔχοι· τάλαντα τετταρά-
κοντα, πλείω ἢ ὅσα αὐτὸς ὡμολόγει παρὰ τῶν ναυκλήρων καὶ ἐμπό-
ρων. Sic X, nisi quod ἢ deest. Sed quod librarius Laur. addit λαβεῖν, eo non minus facile supersedemus quam coniectura in ed. altera

---

ne vix quidem probari potest, vel quod cum σῶσαι arte cohaeret unoque
constructionis vinculo conexum est, vel quod ἡμᾶς non potest simul et obiectum et subiectum esse. — Contra § 51 αἴτιοι οὖν εἰσὶ καὶ ὑμῖν πολλῶν
ἤδη ψευσθῆναι καὶ δὴ (sic ego in observv. in oratt. Att. p. 40 de meo
emendavi librorum scripturam καὶ ἰδίᾳ) ἀδίκως γέ τινας (τέ τινας Pal.,
τε om. C) ῥᾳδίως ἀπολέσθαι οἱ τολμῶντες ψεύδεσθαι καὶ συ-
κοφαντεῖν ἀνθρώπους ἐπιθυμοῦντες, ubi Bekkerus in Add., scilicet ut
concinnitati satisfaceret, satis speciose suspicatus erat scribendum esse ἀπολέσαι, Foertschius observv. p. 47 iure suo medium tuitus esse videtur,
quamquam ne sic quidem ab omni parte integra verba sunt. Quis enim
Graecus, ne dicam Atticus, iunxisset ἀδίκως ῥᾳδίως ἀπολέσθαι? Et
quid valeret ῥᾳδίως ἀπολέσθαι? Ne multa, verum vidit Kayserus, qui comparans verba similia § 49 ὅτι ῥᾳδίως τινὲς τολμῶσι λέγειν, illa ab Lysia
profecta esse perspexit hoc ordine: ἀδίκως γέ τινας ἀπολέσθαι οἱ ῥᾳδίως τολμῶντες ψεύδεσθαι.

a me prolata, quam vellem reticuissem.   Cogitatione enim e superioribus repetendum verbum ἔχειν.

Or. 19 § 48 *Καλλίας τοίνυν ὁ Ἱππονίκου, ὅτε νεωστὶ ἐτεθνήκει
ὁ πατήρ, πλεῖστα*[45]*) τῶν Ἑλλήνων ἐδόκει κεκτῆσθαι, καὶ ὥς φησι*
(i. e. Callias. *φασι* Taylorus), *διακοσίων ταλάντων ἐτιμήσατο αὐτοῦ ὁ
πάππος·* τὸ *τούτου τοίνυν τίμημ'* οὐδὲ *δυοῖν ταλάντοιν ἐστί.*
Sic verba extrema auctoritate Laur. C dederunt Bekkerus et Westermannus.   In qua scriptura nescio quid incommodi inest jn altero *τοίνυν.*   Nam cum prius illud *τοίνυν* in verbis *Καλλίας τοίνυν* perinde
μεταβατικὸν sit atque quod legitur § 47 ὁ *τοίνυν Νικίου οἶκος* (cf.
Schaeferus ad Dem. p. 16, 13. 142, 6. 209, 4 al., Weberus ad Aristocr.
p. 280 et 459), hoc alterum post intercapedinem qua interrupta oratio
erat illatum eam vim habere necesse est, ut periodum continuet ('igitur, inquam', v. Schaeferus ad Dem. p. 310, 11 et 1158, 23).   At num
τοίνυν tam exiguo spatio interiecto ab Lysia diversa significatione usurpatum esse credimus?   Certe molestum hoc: illud vero suspitionem
vitii auget, quod non τὸ *τούτου τοίνυν* in cod. X legitur, sed *τότε
τούτου τοίνυν,* in quibus cum *τότε,* quippe quod ad praeteritum
tempus respiciat, cum praesenti *ἐστί* conciliari non posse manifestum
sit, ad superiorem enuntiationem trahatur necesse est, ut haec efficiatur sententia: 'avus ducentis talentis aestimabat rem suam familiarem
tum, cum id fiebat, i. e. cum censum ipse suum apud censores tantum
esse profitebatur'.   Quod si verum est, *τότε* fieri non potest quin habeat aliquid oppositum, ex quo quam tenuis sit in praesentia Calliae
census clare appareat.   Quid autem aliud est quod vocabulo *τότε* opponatur quam *νῦν?*   Atque eam quidem voculam non meo arbitratu
inculcavi, sed ex ipsa codicis scriptura una littera sublata eruendam
putavi, ita locum refingens: *διακοσίων ταλάντων ἐτιμήσατο αὐτοῦ ὁ
πάππος τότε, τούτου τὸ νῦν τίμημα* (sic Pal. noster pro *τίμημ'*)
οὐδὲ *δυοῖν ταλάντοιν ἐστί.*   Pronomen *τούτου* initio collocatum est, ut
interruptam structurae seriem redintegrari statim perspicuum fiat, id
quod eo magis necessarium fuisse videtur, quod post parenthesin subito inflectitur oratio *ἀνακόλουθος*: ita enim exorsus orator *Καλλίας
τοίνυν,* proinde quasi pergere voluisset *νῦν* οὐδὲ *δυοῖν ταλάντοιν τι-
μᾶται,* non iam memor nominativi deinceps aliam init constructionis
viam.   Verbum *ἐτιμήσατο* accusativo carens eius rei quae aestimata
est fortasse interpretari licet: se aestimavit (er schätzte sich), ut eius
modi additamentis, qualia desideravit Marklandus τὰ *χρήματα, τὴν
οὐσίαν, τὰ ὄντα* opus non esse videatur.   Si tamen cui videatur com-
paranti or. 3 § 24 *τὴν γὰρ οὐσίαν τὴν ἑαυτοῦ ἅπασαν πεντήκοντα καὶ
διακοσίαν δραχμῶν ἐτιμήσατο,* facili negotio corrigat is *ἐτιμήσατο τὰ
αὐτοῦ ὁ πάππος.*

Orationis vicesimae

§ 33 *ἕως μὲν γὰρ εἰρήνη ἦν, ἡμῖν φανερὰ οὐσία, καὶ ἦν ὁ πατήρ*

---

45) Libri ὅς *πλεῖστα,* unde Reiskius ὅς *ὅτε* — ὁ *πατήρ, πλεῖστα,*
Foertschius observv. p. 46 ὡς *πλεῖστα* scriptum voluerunt.

ἀγαθὸς γεωργός· ἐπειδὴ δὲ εἰσέβαλον οἱ πολέμιοι, πάντων τούτων ἐστερήθημεν. ὥστε αὐτῶν τούτων ἕνεκα πρόθυμοί ἐσμεν εἰς ὑμᾶς, εἰδότες ὅτι χρήματα μὲν ἡμῖν οὐκ εἴη πόθεν ἐκτίσομεν, αὐτοὶ δὲ πρόθυμοι ὄντες εἰς ὑμᾶς ἀξιοῦμεν εὑρίσκεσθαι χάριν. Statim initium huius incisi inconditum refert atque fragosum sermonem. Nemo enim negabit aptius structuram verborum et commodius comparatam fore, si legeretur vel quod Reiskius proposuit εἰρήνη ἦν, ἣν ἡμῖν φανερὰ οὐσία, vel quod Scaliger ἣν μὲν ἡμῖν φανερὰ οὐσία. Verum tamen talis asperitas ut in tali scriptore — Lysiam enim huius orationis auctorem non fuisse persuasissimum habeo — tolerari forsitan possit. Alio de genere est quod sequitur οὐκ εἴη πόθεν ἐκτίσομεν: nam quisquis fuit qui nostram orationem-contexuit, eius aetatem ad tempus Lysiae finitimum referendam esse e multis indiciis haud obscure cernitur. Incomposite igitur scripserit auctor iste atque ineleganter, modo ne soloece. Eo autem modo quo illa verba in libris mscr. scripta exstant, neque locutus est veterum Atticorum quisquam neque loqui potuit, qua re perspecta Marklandus οὐκ ἂν εἴη scribendum coniecit. At ἄν particula quomodo inter οὐκ et εἴη exciderit difficile dictu est. Praetereaque ei ambiguitati iudicii, quae inest in verbis οὐκ ἂν εἴη, reluctantur praegressa πάντων τούτων ἐστερήθημεν, quae omnem de Polystrati eiusque filiorum re familiari tollunt dubitationem. Hae me causae permoverunt ut Cobeti or. de arte interpr. p. 100 rationi calculum adicerem meum scriberemque ἡμῖν οὐκ ἔστι. Subinde πόθεν in ὁπόθεν mutatum ivit idem ille Batavus eruditissimus, quam emendationem nunc item probo. Cum enim χρήματα antecedat, pronomen relatlvum requiritur, quod ad illud referatur: 'facultates nobis suppetere nullas, unde i. e. quibus multam solvamus.' Plane eodem modo Plato Socratem loquentem facit in Apol. p. 37 C οὐ γὰρ ἔστι μοι χρήματα ὁπόθεν ἐκτίσω. Vocabulo autem χρήματα opponitur pronomen insequens αὐτοί: 'ipsi nos nostris corporibus nostraque opera.' Fortunis enim suis privati cum non iam re familiari in rem publicam operam suam conferre possent, ipsi corporibus personisque suis studium suum voluntatemque populo probare studebant. Mox futurum tempus ἐκτίσομεν posthabui coniunctivo aor. ἐκτίσωμεν, quamquam ne futurum quidem ab hac iunctura prorsus alienum est: v. Astius ad Plat. Gorg. p. 465 C et Baeumlinus de modis Graec. p. 108 sqq., Kruegerus gr. Gr. § 54, 7 n. 1. Addo Aeschinis or. 3 § 209 οὐκ ἔστιν ὅποι ἀναπτήσομαι. Sed in or. 18 § 24 idem Cobetus nuper Var. Lectt. p. 29 propter formam verbi suo iure correxisse videtur οὐκ ἔχω, ὦ ἄνδρες δικασταί, οὕστινας δεησομένους ὑπὲρ ἡμῶν ἀναβιβάσωμαι pro ἀναβιβάσομαι.

Non minus foedam labem contraxerunt quae instant. Verbo enim ἀξιοῦμεν nihil ineptius, siquidem illud pendet ex εἰδότες ὅτι. Atque hoc ita esse particulae μέν et δέ manifesto arguunt. Ita vero Polystratus eiusque filius dicerentur nosse se sui in populum studii poscere remunerationem. Absurdum hoc profecto. An quis poscens remunerationem non novit se id facere? ne iste insanus esset. Absurdiorem etiam rationem iniret qui ἀξιοῦμεν putandi, existimandi significatu

usurpatum esse opinaretur", quam opinionem refutare ne operae quidem
pretium est. Depravatum est igitur verbum ἀξιοῦμεν, quod Cobetus
pro sagacitate sua perspiciens correxit ἄξιοί ἐσμεν. Atque in hac ego
emendatione acquievissem, nisi quod propius ad vulgatam scripturam
accederet sententiaeque magis congrueret inveniri posse credidissem.
Eo enim quod propensam in populum voluntatem tunc ipsum proba-
bant (πρόθυμοί ἐσμεν), Polystratus eiusque filius se non tam esse,
quam fieri dignos quibus gratia a populo deberetur intellegebant.
Quapropter ἀξιούμεθα scripsi. Verbum ἀξιοῦσθαι infinitivo iunctum
habes or. 19 § 57 ἄρχειν ὑφ᾽ ὑμῶν ἀξιωθέντες.

Mox § 34 καίτοι ὁρῶμέν γ᾽ ὑμᾶς, ὦ ἄνδρες δικασταί, ἐάν τις
παῖδας αὐτοῦ ἀναβιβασάμενος κλαίη καὶ ὀλοφύρηται, τούς τε παῖδας
καὶ αὐτὸν εἰ ἀτιμωθήσονται ἐλεοῦντας, καὶ ἀφιέντας τὰς τῶν πα-
τέρων ἁμαρτίας διὰ τοὺς παῖδας pro καὶ αὐτὸν e certissima G. A.
Hirschigii emendatione edidi δι᾽ αὐτὸν, quod nisi probaveris, nihil
aliud oratorem in priore enuntiatione τούς τε παῖδας — ἐλεοῦντας di-
centem facies atque in altera καὶ ἀφιέντας — διὰ τοὺς παῖδας: patet
enim τοὺς πατέρας esse qui liberos suos misericordiae movendae causa
in iudicium adduxerunt, ergo eosdem quos per εἴ τις significari vult
orator. Quo pacto haec insipida evadet sententia: ʻet liberis patribus-
que parcitis et patribus parcitis liberorum gratia.ʼ Verba igitur καὶ
αὐτὸν aliena esse elucet. Atque illud ipsum διὰ τοὺς παῖδας arguere
poterat ac debebat oppositum esse in superiore enuntiato διὰ τοὺς πατέρας sive, cum εἴ τις antecessisset, δι᾽ αὐτόν. Habet aliquam cum
nostro cognationem locus, quo utitur Hirschigius, or. 14 § 17 ἐπειδὴ
δὲ πρὸς τοῖς ἐκείνῳ (Alcibiadi patri) πεπραγμένοις ἐπίστασθε καὶ τὴν
τούτου πονηρίαν, διὰ τὸν πατέρα ἐλεεῖν αὐτὸν ἀξιώσετε; quamquam
illic actor non loquitur de filio a patre reo in iudicium ideo adducto, ut
iudicum animis misericordiam iniceret.

Orationis vicesimae quartae

§ 10 περὶ δὲ τῆς ἐμῆς ἱππικῆς, ἧς οὗτος ἐτόλμησε μνησθῆναι 2
πρὸς ὑμᾶς, οὔτε τὴν τέχνην δείσας οὔτε ὑμᾶς αἰσχυνθείς, οὐ πολὺς
ὁ λόγος. ἐγὼ γάρ, ὦ βουλή, πάντας τοὺς ἔχοντάς τι δυστύχημα
τοιοῦτόν τι ζητεῖν καὶ τοῦτο φιλοσοφεῖν, ὅπως ὡς ἀλυπότατα
μεταχειριοῦνται τὸ συμβεβηκὸς πάθος. ὧν εἷς ἐγώ, καὶ περιπεπτω-
κὼς τοιαύτη συμφορᾷ ταύτην ἐμαυτῷ ῥᾳστώνην ἐξεῦρον εἰς τὰς
ὁδοὺς τὰς μακροτέρας τῶν ἀναγκαίων. His, ut scripta sunt
in libris excepto Laur. C, ad integritatem patet tale verbum deesse,
ex quo sint infinitivi ζητεῖν et φιλοσοφεῖν suspensi. Id cum intel-
lexisset auctor cod. C, sententiae consultum fore arbitratus est, si
post πάντας insereret οἶμαι, post τοιοῦτον autem intruderet verba
ῥᾳστώνην τινά, quae petiit ex insequentibus ταύτην ἐμαυτῷ ῥᾳστώνην ἐξεῦρον. Sunt tamen hae merae coniecturae acciditque incommoda eiusdem pronominis ἐγώ iteratio ἐγὼ γάρ οἶμαι — ὧν εἷς
ἐγώ: in priore enim enuntiatione causa exstat nulla cur pronomen
efferatur, in altera id etiam necessarium est. Hinc oratorem scrip-

2 sisse suspicatus sum *ἔγνων γάρ*, *ὦ βουλή*, *πάντας τοὺς ἔχοντάς
τι δυστύχημα τοιοῦτόν τι ζητεῖν καὶ τοῦτο φιλοσοφεῖν*, in quibus
φιλοσοφεῖν ironice dictum (auscalculieren, austifteln) lepori facetiis-
que hominis invalidi bene respondet. Kayserus tamen maluit *εἰκὸς
γάρ*, *ὦ βουλή*, Sauppius apud Rauchensteinium *ἐγὼ γὰρ ὁρῶ*, *ὦ
βουλή*. Ceterum v. Westermanni Comm. crit. IV p. 10.

Deinde verborum *εἰς τὰς ὁδοὺς τὰς μακροτέρας τῶν ἀναγκαίων*
falsam esse quae ad nostram usque aetatem propagata est interpretationem me evicturum esse confido. Reiskius in interpretatione
3 Lat. (Or. Graec. VI p. 588) ita: 'mihi machinam excogitavi, qua
molestias itinerum allevarem quae suscipienda mihi sunt paulo longiora, quam sunt illa cotidiana et inevitabilia (in forum et ad fami-
liares in urbe, quo pedibus ligneis fultus commeare soleo).' Reiskium secutus Falkius in interpret. German. p. 279 'für weitere als
die gewöhnlichen Wege'. Putaverunt igitur genetivum *τῶν ἀναγκαίων* ita pendere e comparativo *μακροτέρας*, ut esset pro *ἢ αἱ
ἀναγκαῖαι*. Atqui invalidus si longiora itinera fecisset, quam quae
sunt necessaria, fecisset ille itinera etiam non necessaria. Num
vero eum qui tam pauper est, ut stipem ex aerario accipiat, quam
ne amittat enixe contendit, num eum, quaeso, credibile est ad itinera
non necessaria facienda equis uti, aut, si voluptatis causa usus est,
id apud eos, a quibus propter paupertatem suam stipendium petit,
confiteri? Hoc cum per se absonum est, tum repugnat ipsis invalidi verbis, qui negat § 11 se *διὰ τὴν ὕβριν* in equos ascendere, di-
citque se saepe cogi alienis equis uti precario sumptis (§ 11 extr.
τοῖς ἀλλοτρίοις ἵπποις ἀναγκάζομαι χρῆσθαι πολλάκις). Explosa
igitur hac vulgari interpretatione sic potius statuamus, genetivum
τῶν ἀναγκαίων esse eum quem vocant partitivum: 'ad longinquiores necessariarum viarum.' Usitatius erat *εἰς τὰς μακροτέρας τῶν
ἀναγκαίων ὁδῶν*. A consueto autem dicendi ordine deflexit orator
propterea quod, quoniam initio commemoravit quas debebat ante
omnia commemorare, longinquiores vias, cavere voluit ne forte qui
audiebant eas voluptatis delectationisque causa suscipi crederent.
Est haec quidem paulo insolentior collocatio verborum, sed ut constructio qua genetivus partitivus cum positivis vel superlativis eiusdem generis iungitur in vulgus nota est (v. Bernhardy synt. Gr. p.
154 sq. Kruegeri gr. Gr. § 47, 28), ita ipsum comparativum cum
genetivo quemadmodum in nostro loco coniunctum habes apud
Thucydidem I 73 extr. *τῷ πλέονι τοῦ στρατοῦ*, VIII 48 *τοῦ ἑταιρι-
κοῦ τῷ πλέονι*.

Eiusdem or. § 11 *ὃ δὲ μέγιστον*, *ὦ βουλή*, *τεκμήριον ὅτι διὰ τὴν
συμφορὰν ἀλλ' οὐ διὰ τὴν ὕβριν*, *ὡς οὗτός φησιν*, *ἐπὶ τοὺς ἵππους
ἀναβαίνω ῥᾴδιόν ἐστι μαθεῖν*. Verba postrema *ῥᾴδιόν ἐστι μαθεῖν* ego meo, ut aiunt, Marte seclusi, ut ab imperito nata, interprete,
qui usus particulae *γάρ* post *ὃ γὰρ μέγιστον τεκμήριον* pervulgati ignarus esset: me secutus est Rauchensteinius.

Praeterea § 12 correxi *καίτοι πᾶς οὐκ ἄτοπόν ἐστιν*, *ὦ βουλή*, *εἰ*

μὲν ἐπ' ἀστράβης ὀχούμενον ἑώρα με, σιωπᾶν ἄν⁴⁶) (τί γὰρ ἂν καὶ
ἔλεγεν;), ὅτι δ' ἐπὶ τοὺς ᾑτημένους ἵππους ἀναβαίνω, πειρᾶσθαι πείθειν
ὑμᾶς ὡς δυνατός εἰμι; Particulae enim ἄν accessionem postulat constructio verborum, ut perspexit Kayserus, qui tamen illam reiecit post

---

46) Omnino ἄν particula multarum turbarum causa exstitit, ut mihi a
libris et mscr. et editis plus viginti locis discedendum esset. Pauca exempla
hoc loco excerpam. Or. 19 § 18 ἀλλὰ μὴν ὅ γε Ἀριστοφάνης ἤδη 27
ἔχων τὴν γυναῖκα ὅτι πολλοῖς ἂν μᾶλλον ἐχρῆτο ἢ τῷ ἐμῷ πατρί, ῥᾴδιον γνῶναι, i. e. ʻAristophanes multorum potius quam patris mei consuetudine usus esset.ʼ Ecquid e condicione hoc pendebat et incertum erat
aut dubium? Immo vero actor certo asseverat Aristophanem nullum cum
patre suo usum habuisse: quod nisi ita se haberet, causas non exposuis-
set, quae obstitissent quominus artior inter utrumque intercederet neces- 28
situdo et familiaritas: ἥ τε γὰρ ἡλικία, inquit, πολὺ διάφορος, ἥ τε
φύσις ἔτι πλέον· ἐκείνῳ μὲν γὰρ ἦν — τιμᾶσθαι. Atque condicionali
illa sententia probata potius ayll_iolla ἐχρήσατο locus esset. Forsitan igitur
ἄν consuetudinem factique repetitionem significet. Verum id ita demum
fieri inter omnes constat, si non certo quodam aut continuo tempore. sed
fortuito et quotienscumque occasio ita tulerit (allemal, wenn es sich so
traf) aliquid factum esse dicitur: v. Hermannus de part. ἄν p. 20 sqq.,
Bernhardy synt. Gr. p. 373, Kruegeri gr. Gr. § 53, 10 n. 3. Lysiae
sunt ex eo genere duo exempla, quorum unum est in or. 7 § 12, alterum
in or. 20 § 9, ubi Reiskius perperam malebat αὖ καθίσταντο. Iam con-
sidera nostrum locum, quem si ad illam legem attenderis, ita interpretari debebis: ʻAristophanes, quotienscumque occasio ita ferebat, multorum quam patris mei consuetudine uti malebat,ʼ Immo semper et perpetuo malebat. Itaque quoniam ne haec quidem expediendae part. ἄν
ratio quicquam expedit, in ed. priore Reiskio auctore scripsi πολλοῖς
ἄλλοις μᾶλλον ἐχρῆτο ἢ τῷ ἐμῷ πατρί. Sed cum a scriptura codicis propius absit quod nuperrime in editione Rauchensteinii coniecit
Sauppius πολλοῖς δὴ μᾶλλον ἐχρῆτο optimeque conveniat usui loquendi
et loci rationi (ʻdasz er eben mit vielen lieber umzugehen pflegteʼ Rau-
chenst.), hanc emendationem in ed. alt. praeoptavi. AN et ΔΗ saepe 27
confusa esse docuit Schaeferus ad Dem. p. 262, 23, confusionis causam
palaeographicam indicavit Porsonus in miscell. p. 182. Eadem permutatio facta est, ut videtur, or. 29 § 9 et 11. Utrobique enim pro καὶ
γὰρ ἂν καὶ δεινὸν εἴη Cobetus in or. de arte interpr. p. 96 scribendum esse vidit καὶ γὰρ δὴ δεινὸν ἂν εἴη: nam et alterum καί, cuius
originem facile dispicias, cum omnino nihil valeat, importune intrusum
esse patet, et constans est locutio Lysiae restituta. — Contrarium errorem
exemit Dobraeus ex Isaei or. 9 § 16 scribens ὥστε πολὺ ἂν θᾶττον δια-
θέμενον μηδένα ποτὲ τῶν ἑαυτοῦ οἰκείων διαλεχθῆναι Κλέωνι pro ὥστε
πολὺ δὴ θᾶττον, quod obtinent libri. Editores Tur. conferri iubent Isocr.
or. 21 § 3, Lycurgi § 30. — In or. 30 § 33 χρὴ τοίνυν, ὥσπερ ἂν
τούτους ὁρᾶτε προθύμως σώζοντας τοὺς φίλους, οὕτως (X, οὕτω Bekk.)
καὶ ὑμᾶς τοὺς ἐχθροὺς τιμωρεῖσθαι cum ἄν cum ὁρᾶτε coniungi non
posse manifestum sit, ὥσπερ δὴ τούτους corrigi voluit Cobetus l. d. p. 98,
ὥσπερ καὶ τούτους scripserunt Balterus et Sauppius (ac de particula καί
quidem in comparationibus usurpata cf. Lys. or. 19 § 36, or. 27 § 12,
Xen. Cyrop. I 6, 12, Anab. I 1, 22, Heindorfius ad Plat. Phaed. p. 36,
Bornemannus ad Xen. Conv. p. 193): mihi in ed. pr. placuit ὥσπερ αὐτοὺς τούτους (cf. Emend. Lys. fasc. p. 26 sq.). At nunc intellexi voculam ἄν attrectari non oportere, quippe quae cum σώζοντας coniuncta sit,
ne deprecatores illi vere Nicomachum servaturi esse videantur. Itaque in

4*

τοῦτον. Mox δυνατός εἰμι reposui cum eodem Kaysero pro δυνατὸς εἴην coll. ëiusdem § verbis extremis et § 14 et 18.

Orationis vicesimae quintae

§ 9 σκέψασθε γάρ, ὦ ἄνδρες δικασταί, τοὺς προστάντας ἀμφοτέρων τῶν πολιτειῶν, ὁσάκις δὴ μετεβάλοντο (μετεβάλλοντο Vindob. non male). οὐ Φρύνιχος μὲν καὶ Πείσανδρος καὶ οἱ μετ᾽ ἐκείνων δημαγωγοί, ἐπειδὴ πολλὰ εἰς ὑμᾶς ἐξήμαρτον, τὰς περὶ τούτων δείσαντες τιμωρίας τὴν προτέραν ὀλιγαρχίαν κατέστησαν, πολλοὶ δὲ τῶν τετρακοσίων μετὰ τῶν ἐκ Πειραιῶς συγκατῆλθον, ἔνιοι δὲ τῶν ἐκείνους ἐκβαλόντων αὐτοὶ αὖθις τῶν τριάκοντα ἐγένοντο; εἰσὶ δὲ οἵτινες τῶν Ἐλευσῖνάδε ἀπογραψαμένων, ἐξελθόντες μεθ᾽ ὑμῶν, ἐπολιορκοῦντο μετ᾽ αὐτῶν. Sic vulgo loeus scribi solet. αὖθις e coniectura Reiskii editum est pro αὐτοῖς, quod habet Palatinus. Nam αὐτῶν, quod in Laur. C invenitur, soli suspitioni debetur, in quam eandem ante hunc librum collatum et excussum Taylorus et Marklandus inciderant. Mihi quidem in αὐτοῖς, quod non temere a librario codicis archetypi exaratum esse puto, latere videtur αὖ τῆς[47]), ita ut ὀλιγαρχίας e superioribus verbis τὴν προτέραν ὀλιγαρχίαν mente intellegatur. Prior enim ὀλιγαρχία est Quadringentorum, altera illi opposita XXXvirorum ἡ αὖ τῶν τριάκοντα. Sed hoe levius est, graviores molestias facessunt illa quae haud multo post secuntur ἐπολιορκοῦντο μετ᾽ αὐτῶν. Demonstraturus est orator quam saepe suam quisque factionem mutata voluntate deseruerit et ad contrarias transierit partes. Testari hoc in his afflictis temporibus cum alios tum eos qui eum nomen militiae ad expeditionem adversus Eleusinem suscipiendam dedissent, postmodum ad XXXviros in illo oppido conclusos transfugerint cum eisque obsidionem perpessi sint. Nam sie vulgo accipi et explanari solent illa verba. Animorum igitur mutatio et inconstantia in eo conspicua erat, quod initio popularis imperii studiosi erant, mox autem cum eisdem tyrannis fecerunt, ad quos impugnandos profecti erant. Huic interpretationi multa reluctantur. Primum cum XXXviri Athenis Eleusinem fugissent, tam desperata eorum res fuit, ut multos ex popularibus partibus ad eos confugisse vix credi posse videatur.

---

27 ed. alt. retinui ὥσπερ ἂν τούτους. — Sed sustuli stribliginem quae verba vitiaverat or. 19 § 44 ὥστε (X pro ὥστ᾽) οὐκ ἂν εἰκότως ἡμᾶς αἰτιᾶσθε eo quod Dobraeum secutus correxi αἰτιάσαισθε, a quo pronior erat in αἰτιᾶσθε mutatio, quam ab αἰτιῶσθε, quod idem Dobraeus proposuit commendavitque Kayserus.   47) Litteras enim η et οι per iotacismum saepe a librariis Graecis inter se permutatas esse in vulgus notum est: cf. Boissonadius ad Choric. Gaz. p. 211. Quod non tenentes interpretes in Pseudo-Andoc. or. 4 § 11 ediderunt σκέψασθε δὲ πῶς ἄν τις κακὰ μείζω τούτων κατασκευάσειεν, εἰ — τὸν φόρον ἑκάστῳ διπλασιάσειεν: meliores enim libri AB cum habeant ἑκάστης, editores Tur. recte emendaverunt ἑκάστοις, quod ego quoque coniectura assecutus eram. Atque in Dem. Mid. § 144 πρὸς δὲ μητρὸς τοῦ Ἱππονίκου καὶ ταύτης τῆς οἰκίας, ἧς ὑπάρχουσι πολλαὶ καὶ μεγάλαι πρὸς τὸν δῆμον εὐεργεσίαι e solo Σ eidem Turr. bene reposuerunt οἷς ὑπάρχουσι coll. § 145.

Adde quod ἐπολιορκοῦντο obscure neque ad sententiam oratoris apposite dictum est. Non enim quid tolerassent una cum tyrannis commemorari oportuit, sed quid fecissent, quemadmodum factum videmus supra: τὴν προτέραν ὀλιγαρχίαν κατέστησαν et συγκατῆλθον et τῶν τριάκοντα ἐγένοντο. Itaque transisse ad XXXvirorum partes dicendi erant, id quod non inest in ἐπολιορκοῦντο. Praetereaque cum § 10 ex illis exemplis facile perspici narretur non de forma rei publicae inter se dissidere cives, sed de eo quod cuiusque maxime intersit, sequitur illos existimasse obsidionem sibi esse utilitati: quae paene perversa est sententia. Nimirum utrarumque partium principes (οἱ προστάντες ἀμφοτέρων τῶν πολιτειῶν) ad eam rei publicae formam, in qua salutem suam tuto collocatam existimarent, studia sua conferebant, ut Phrynichus et Pisander cum plebi multa et gravia inflixissent vulnera, metu ne suorum scelerum poenas darent priorem optimatium dominatum instituerunt, multi e Quadringentorum numero cum optimatium causam perisse intellexissent, cum exulibus ex Piraeo in urbem redierunt, rursus nonnulli ex popularis imperii studiosis, qui illos expulerant, cum plebis potentiam eversam esse vidissent, ad XXXvirorum se dominationem applicaverunt. Quid igitur? Num inter eos qui populari civitati inserviebant, post optimatium causam a Thrasybulo victam restitutosque in patriam exules, exstitisse credibile est qui se suum in illorum optimatium imperio commodum petere et consequi posse opinarentur? Scilicet stulti isti fuissent aut certe temerarii. Hac igitur ratione explanari verba, de quibus quaeritur, nullo modo possunt. Aliam sententiam nuper protulit H. Sauppius in ed. Rauchensteiniana. Is provocans ad. or. 12 § 52 et or. 13 § 44 ita statuit, intellegendos esse eos, qui a XXXviris ex urbe in agros relegati (coll. or. 31 § 8) ex parte Eleusinem habitatum concesserint, tum autem cum XXXviri ipsi eodem profugissent, una cum illis se obsideri passi nec quicquam contra illos moliti sint. At ne haec quidem ratio, ut opinor, rei difficultates expedit. Primum enim huc non prorsus faciunt loci a Sauppio adhibiti: in eis enim nihil aliud memoriae proditur nisi multos cives, qui Eleusine commorati erant, a XXXviris trucidatos esse, ex quo illud quidem efficitur cives eo tempore ibi fuisse, non tamen efficitur partem eorum ex agris in hoc oppidum se habitatum contulisse, cuius rei memoriam nusquam litteris consignatam scio, ut Sauppius hoc sibi sumpsisse videatur. Sed fuerit haec coniectura probabilis, num quod seditionem contra inimicos suos movere conati non sunt plebis studiosi, num, quaeso, in eo voluntatum cernitur mutatio, quam praedixerat actor in rei publicae conversionibus ab utrarumque partium principibus factam esse (σκέψασθε — ὁσάκις δὴ μετεβάλοντο)? Num quis inde collegerit eos haud dubie ad partes optimatium transfugisse? Nonne cum obsidionem cum tyrannis tolerarent, quamvis tacentes, propensam in populum voluntatem servare poterant? Atque ne hoc quidem ego concedo, verbo ἐπολιορκοῦντο significationem nihil moliendi tacendique involvi; valet enim 'obsidebantur', nihil ultra. Emergit opinor hanc qu que loci interpretaτοῦτον. Μοx δυνατός εἴμι reposui cum eodem Kaysero pro δυνατὸς ἄγν coll. eiusdem § verbis extremis et § 14 et 18.

Orationis vicesimae quintae

§ 9 σκέψασθε γάρ, ὦ ἄνδρες δικασταί, τοὺς προστάντας ἀμφοτέρων τῶν πολιτειῶν, ὁσάκις δὴ μετεβάλοντο (μετεβάλλοντο Vindob. non male). οὐ Φρύνιχος μὲν καὶ Πείσανδρος καὶ οἱ μετ᾽ ἐκείνων δημαγωγοί, ἐπειδὴ πολλὰ εἰς ὑμᾶς ἐξήμαρτον, τὰς περὶ τούτων δείσαντες τιμωρίας τὴν προτέραν ὀλιγαρχίαν κατέστησαν, πολλοὶ δὲ τῶν τετρακοσίων μετα τῶν ἐκ Πειραιῶς συγκατῆλθον, ἔνιοι δὲ τῶν ἐκείνους ἐκβαλόντων αὐτοὶ αὖθις τῶν τριάκοντα ἐγένοντο; εἰσὶ δὲ οἵτινες τῶν Ἐλευσῖνάδε ἀπογραψαμένων, ἐξελθόντες μεθ᾽ ὑμῶν, ἐπολιορκοῦντο μετ᾽ αὐτῶν. Sic vulgo locus scribi solet. αὖθις e conictura Reiskii editum est pro αὐτοῖς, quod habet Palatinus. Nam αὐτῶν, quod in Laur. C invenitur, soli suspitioni debetur, in quam eandem ante hunc librum collatum et excussum Taylorus et Marklandus inciderant. Mihi quidem in αὐτοῖς, quod non temere a librario codicis archetypi exaratum esse puto, latere videtur αὖ τῆς᾽᾽), ita ut ὀλιγαρχίας e superioribus verbis τὴν προτέραν ὀλιγαρχίαν mente intellegatur. Prior enim ὀλιγαρχία est Quadringentorum, altera illi opposita XXXvirorum ἡ αὖ τῶν τριάκοντα. Sed hoc levius est, graviores molestias facessunt illa quae haud multo post secuntur ἐπολιορκοῦντο μετ᾽ αὐτῶν. Demonstraturus est orator quam saepe suam quisque factionem mutata voluntate deseruerit et ad contrarias transierit partes. Testari hoc in his afflictis temporibus cum alios tum eos qui eum no men militiae ad expeditionem adversus Eleusinem suscipiendam dedis sent, postmodum ad XXXviros in illo oppido conclusos transfug... cum eisque obsidionem perpessi sint. Nam sic vulgo accipi et ex, nari solent illa verba. Animorum igitur mutatio et inconstantia in conspicua erat, quod initio popularis imperii studiosi erant, mo... tem cum eisdem tyrannis fecerunt, ad quos impugnandos p... erant. Huic interpretationi multa reluctantur. Primum cum XX Athenis Eleusinem fugissent, tam desperata eorum res fuit, ut... ex popularibus partibus ad eos confugisse vix credi posse vi...

---

27 ed. alt. retinui ὥσπερ ἂν τούτους. — Sed sustuli stribli... verba vitiaverat or. 19 § 44 ὥστε (X pro ὥσ᾽) οὐκ ἂν εἰκ... αἰτιάσθε eo quod Dobraeum secutus correxi αἰτιάσαισθε, . uier erat in αἰτιᾶσθε mutatio, quam ab αἰτιάσθε, quod id propossuit commendavitque Kayserus.   47) Litteras enim... iotacismum saepe a librariis Graecis inter se permutatas esse i... tum est: cf. Boissonadius ad Chorie. Gaz. p. 211. Quod nov terpretes in Pseudo-Andoc. or. 4 § 11 ediderunt σκέψασθε δ. unus μεῖζω τούτων κατασκευάσειεν, εἰ — τὸν φόρον ἐκ σώσειεν: meliores enim libri AB cum habeant ἑκάστης, edi... emendarerunt ἑκάστοις, quod ego quoque coniectura asse... que in Dem. Mid. § 141 πρὸς δὲ μητρὸς τοῦ Ἰππονίκου · οἰκίας, ἃς ὑπάρχουσι πολλαὶ καὶ μεγάλαι πρὸς τὸν δῆμ... sol Σ eodem Tarr. bene reposuerunt οἷς ὑπάρχουσι coll.

.ν ἀδι-
ἢ ὑμᾶς
·um pro-
·tibus, ut
.nus autem
·nntiationes
·int sibi sub-
·rator miretur
·etam viam in-
·us alterum cum
n corrigas meo
·rticula enim καὶ
.i infra § 25 ἄξιον
.των pone μνησθῆ-
·terus, itemque or.
ἰωκὼς pone φαίνω-
·. Nec minus or. 14
·ς φιλοτιμεῖται τοὺς
·ticulam pone φιλοτι-

·εϱδαίνειν ἢ licet ea ra-
·int, quam in ed. pr. et
·cere sive mercedem ac-
·edem acceperint, vobis
·nibus nobis concipiatis'),
·torum (§ 3 et 32) maxime
·ssit hoc negotium (τῶν δὲ
·iis mentio ad hunc quidem
Kayserus verba κερδαίνειν
·rat κερδαίνειν καὶ, quod
·e vero quicquam de verbis
Etenim quamvis speciosae
·, quorum ille τὴν γνώμην
·um voluit, tamen librorum
·m Reiskio interpreter hoc
·ος ἅπασιν ὀργίζεσθαι.
·ῶν τριάκοντα γεγένηται τῇ
·αὑτοὺς ἡγοῦμαι λέγειν pro-
·ι duabus de causis turbatur
·uod quae subsequitur ratio
·επραγμένων εἰρήκασιν non
·rum scelera: alterum, quod
· loquitur, quae huic opposita
·ι cum XXXviris consiliorum
·tur, diluit his verbis: εἰ δὲ
·ύνται τοὺς λόγους ἀποδείξω
pro ἅπαντας) ψευδομένους.

tionem improbabilem esse. Tertiam autem quam ingrediar viam non
invenio neque investigare opus est, cum ea quae vulgo fertur lectio
nullam habeat a codicis principis testimonio commendationem. Quam
enim Bekkerus scripturam nulla codicis Pal. discrepantia in margine
notata recepit in ordinem verborum μετ' αὐτῶν, eam in archetypo
inveniri falsum est. Secundum Kayserum enim, cuius e collatione
multis saepe locis quam fallax sit de Bekkeri silentio iudicium cogni-
tum est, in codice scriptum exstat μεθ' αὐτῶν, idque eo minus sper-
nendum, quod, ut supra 'vidimus, pronomen reflexivum αὑτοῦ cett.
praeterea nusquam nisi sex locis exaravit scriptor libri Pal., in ceteris
omnibus, ubicumque illud requiritur, usurpavit formas pronominis ἀνα-
φορικοῦ αὐτοῦ cett. De calami autem lapsu suspicari vetat praegressa
littera ϑ. Quin etiam in apographo Laur. legitur μεθ' ἑαυτῶν, cuius
quidem librarius, ut fuit Graecis litteris haud leviter tinctus et ad sententiam aliquam qualemcumque e scripturis codicis Pal. depravatis ex-
tundendam pronus, si in exemplo suo scriptum vidisset μετ' αὐτῶν,
hoc ut sensu non prorsus destitutum sine dubio cupide amplexus esset.
Quodsi probatur μεθ' αὐτῶν, in ceteris vitium aliquod insidere necesse est. Atque ego quidem ita verba sanasse mihi visus sum, ut
levi mutatione vel potius additione scriberem εἰσὶ δὲ οἵτινες τῶν Ἐλευσῖνάδε ἀπογραψαμένων, ἐξελθόντες μεθ' ὑμῶν, ἐπολιόρκουν τοὺς
μεθ' αὐτῶν: 'nonnulli autem eorum, qui nomen XXXviris Eleusinem dederant, egressi vobiscum eos obsidebant qui suae factionis
erant.' Haec ipsa sententia est, quam flagitari vidimus: 'nonnulli
optimatium suis desertis ad plebis partes transierunt, quacum ex urbe
ad obsidendam Eleusinem egressi oppugnabant eosdem, quorum aliquando partes ipsi secuti erant.' Ita concinne et aequabiliter descri-
buntur conversa ea aetate et inclinata nonnullorum in rem publicam
studia: nonnulli e Quadringentis populares facti, rursus ex optimatium illorum adversariis XXXviri, ex eorum amicis populares eidem-
que XXXvirorum hostes infestissimi. Nam οἱ Ἐλευσῖνάδε ἀπογραψά-
μενοι mea quidem sententia ei intelleguntur, qui post decemviros Athenis institutos XXXviris nomen dederunt, ut una cum eis Eleusinem
discederent ibique causam optimatium tuerentur: v. Xen. Hell. II 4, 24.
Illud quidem certe opinor dubitari nequit, quin tyrannorum adiutores
administrique fuerint, qui postea cum plebe obsidebant τοὺς μεθ' αὐτῶν, i. e. suae ipsorum factioni ascriptos. Tales enim τοὺς μετά τινος
dici e locutione μετά τινος εἶναι haud infrequenti planum est: cf.
Thuc. VII 33 οὗτοι δ' οὐδὲ μεθ' ἑτέρων ἦσαν. Aristoph. pacis v. 766
πρὸς ταῦτα χρεὼν εἶναι μετ' ἐμοῦ καὶ τοὺς ἄνδρας καὶ τοὺς παῖδας.
Isocr. paneg. § 22 ἡγοῦμαι καὶ τούτους εἶναι μεθ' ἡμῶν, cf. § 53,
neque dissimile est quod attulit Hermannus ad Vig. p. 859 ex Eur. Hel.
895 μεθ' Ἥρας στᾶσα, a partibus Iunonis stans.
  Alia quaedam, quae in eadem oratione vel emendavi vel suspicatus sum, perstringere iuvat hoc loco. Atque
  § 1 ὀργίζεσθαι post συγγνώμην ἔχω positum iam supra tuitus sum.
Subsecuntur haec: τῶν δὲ κατηγόρων θαυμάζω, οἳ ἀμελοῦντες τῶν οἱ-

κείων τῶν ἀλλοτρίων ἐπιμελοῦνται· οἳ σαφῶς εἰδότες τοὺς μηδὲν ἀδι
κοῦντας καὶ τοὺς πολλὰ ἐξημαρτηκότας ζητοῦσι κ ε ρ δ α ί ν ε ι ν, ἢ ὑμᾶς
πείθειν περὶ ἁπάντων ἡμῶν τὴν γνώμην ταύτην ἔχειν. Alterutrum pronominum οῢ corruptum videbatur plerisque omnibus interpretibus, ut
aut pro priore aut pro altero εἰ scribi mallent, Westermannus autem
ὅτι σαφῶς corrigendum esse suspicaretur. Verum cum enuntiationes
singulae singulis pronominibus relativis introductae non sint sibi subiectae, sed ita conexae, ut ambabus quid sit quod orator miretur
contineatur, Kayserus in ann. Heidelb. l. d. p. 231 rectam viam ingressus mihi videtur, qui prius οῢ intactum relinquens alterum cum
particula καὶ commutandum censuerit. Lenius tamen corrigas meo
iudicio ἐπιμελοῦνται, κ α ὶ οῢ σαφῶς εἰδότες κτέ. Particula enim καὶ
cum ultima verbi ἐπιμελοῦνται syllaba coaluit, sicuti infra § 25 ἄξιον
δὲ μνησθῆναι τῶν μετὰ τοὺς τετρακοσίους πραγμάτων pone μνησθῆ
ναι eandem particulam καί oppressam esse vidit Baiterus, itemque or.
16 § 3 ἐὰν δὲ φαίνωμαι περὶ τὰ ἄλλα μετρίως βεβιωκὼς pone φαίνω
μαι interponendam καί iam Reiskius intellexerat. Nec uinus or. 14
§ 2 ὥστ’ ἐπ’ ἐνίοις (ἐπινικίοις libri) ὧν οὗτος φιλοτιμεῖται τοὺς
ἐχθροὺς αἰσχύνεσθαι mihi persuasum est eam particulam pone φιλοτι
μεῖται excidisse.

Sed iam ad or. 25 revertamur. Verba κερδαίνειν ἢ licet ea ratione quodam modo explicari defendique possint, quam in ed. pr. et
in Emendd. Lys. fasc. p. 31 n. inii ('lucrum facere sive mercedem accipere, aut alioquin, i. e. nisi eam mercedem acceperint, vobis
persuadere student ut hanc opinionem de omnibus nobis concipiatis'),
tamen cum lucrum quaerere omnium sit delatorum (§ 3 et 32) maxime
proprium, ita ut nemini mirum accidere possit hoc negotium (τῶν δὲ
κατηγόρων θ α υ μ ά ζ ω), omninoque mercedis mentio ad hunc quidem
locum nihil pertineat: nescio an recte idem Kayserus verba κερδαίνειν
ἢ pro glossemate habeat. Taylorus correxerat κερδαίνειν κ α ί, quod
ut susciperem monuit me C. Halmius. Neque vero quicquam de verbis
τὴν γνώμην ταύτην mutare ausus sum. Etenim quamvis speciosae
sint Taylori et Rauchensteinii coniecturae, quorum ille τὴν γνώμην
τὴν αὐτήν, hic τὴν αὐτὴν γνώμην scriptum voluit, tamen librorum
scripturam ita tuendam esse puto, ut eam Reiskio interpreter h o c
e s s e animo, quod respiciat ad illa ὁμοίως ἅπασιν ὀργίζεσθαι.

In § 2 εἰ μὲν οὖν οἴονται, ἅ ὑπὸ τῶν τριάκοντα γεγένηται τῇ
πόλει, ἐμο ῦ κατηγορηκέναι, ἀδυνάτους αὐτοὺς ἡγοῦμαι λέγειν pronomine ἐμοῦ argumentatio mirum quantum duabus de causis turbatur
ac potius pervertitur. Unum hoc est, quod quae subsequitur ratio
οὐδὲ γὰρ πολλοστὸν μέρος τῶν ἐκείνοις πεπραγμένων εἰρήκασιν non
spectat ad rei malefacta, sed ad XXXvirorum scelera: alterum, quod
reus de se ipso in ea demum enuntiatione loquitur, quae huic opposita
est criminationemque qua communicatorem cum XXXviris consiliorum
ac facinorum ab accusatoribus insimulabatur, diluit his verbis: εἰ δὲ
ὡς ἐμο ί τι προσῆκον περὶ αὐτῶν ποιοῦνται τοὺς λόγους ἀποδείξω
τούτους μὲν ἅπαντα (ita cum Stephano pro ἅπαντας) ψευδομένους.

Vulgatum enim ἐμοῦ si servatur, haec prodit inepta sententia: 'si isti
se accusavisse arbitrantur me propter omnia XXXvirorum facinora,
eos indisertos duco, quod ne minimam quidem partem scelerum attigerunt, sin vero ad me pertinere illorum scelera contendunt, haec
eos mentiri ostendam: i. e. si me scelerum a tyrannis commissorum
accusant — sin vero me scelerum a tyrannis commissorum accusant.'
Has nugas noli Lysiae nomine dignas habere, praesertim in tam ele-
ganti luculentaque oratione, qualis haec nostra est. Nimirum scripsit
ille εἰ μὲν οὖν οἴονται — ὁμοῦ κατηγορηκέναι, ut optime vidit Marklandus. 'Quodsi isti' inquit orator 'quaecumque sunt a XXXviris rei
publicae allata incommoda se omnia simul in accusatione enarrasse
arbitrantur, dicendi rudes eos duco: nam ne minimam quidem partem
facinorum ab illis commissorum persecuti sunt: sin vero de iis ita
verba faciunt, tamquam ad me quicquam eorum spectet, ea mera men-
dacia esse demonstrabo.' Prior igitur enuntiatio eaque generalis de
XXXvirorum maleficiis est, altera illi subiecta versatur in ea quae in-
tercessit inter reum et illos ratione et coniunctione.

Levius illud est quod § 4 suspicatus sum dedisse Lysiam ἐὰν
φανῶ pro ἐὰν ἀποφανῶ συμφορᾶς μὲν μηδεμιᾶς αἴτιος γεγενημένος:
verbum enim ἀποφαίνεσθαι apparendi significatu usurpatum legere me
non memini.

In verbis § 6 ἱκανοὶ γὰρ οἱ ὑπάρχοντες ἐχθροὶ τῇ πόλει καὶ μέγα
κέρδος νομίζοντες εἶναι τοὺς ἀδίκως ἐν ταῖς διαβολαῖς καθεστηκότας
primus, quantum scio, offendit C. Halmius, ut mihi per litteras signi-
ficavit, in vicem particulae καί substituens οἵ: ac sane quales essent
isti inimici explicari debebat. At vero, nisi me fallit, hoc ipsum inest
in vulgata scriptura: quod enim generatim dictum erat, id deinceps
accuratius separatim explicatur per particulam καί hanc vim haben-
tem: et tales quidem sive eique tales, de qua vi cum nota sunt omnia,
tum diligentissime exposuit doctus amicus Albertus Doberenzius observv. Demosth. p. 7 sqq.; adde Foertschii observv. crit. in Lys. p. 58,
Fritzschii quaestt. Lucian. p. 9 sq., Weberum ad Aristocr. p. 193.⁴⁸)

Tum § 10 priorem manum Palatini ζητοῦντας δὲ ἤ τις αὐτοῖς
restitui pro eo quod superne scriptum est εἴ τις, proximeque ex eodem
libro ἐγίγνετο (non ἐγίνετο, ut narrat Bekkerus) ὠφέλεια pro ὠφέ-

---

48) In Lysiae or. 19 § 57 ὁ τοίνυν ἐμὸς πατὴρ ἄρχειν μὲν οὐδε-
πώποτε ἐπεθύμησα, τὰς δὲ χορηγίας ἁπάσας κεχορήγηκε — ἵνα δὲ εἰ-
δῆτε καὶ ὑμεῖς, καθ' ἑκάστην ἀναγνώσεται eandem voculam καί ante
καθ' ἑκάστην a Bekkero ceterisque interpretibus omissam nuperrime e X
revocavi. Plene enim sic explananda verba sunt: de his rebus ut vos quoque sitis certiores, non satis est haec munera universe indicasse, sed scriba
publicus etiam singulatim omnia recensebit. Ceterum ad καθ' ἑκάστην,
quod male in καθ' ἕκαστον mutatum voluit Marklandus, non solum εἰσφο-
ράν cogitatione assumendum est, quemadmodum Reiskius existimavit, sed
etiam χορηγίαν et τριηραρχίαν, omnes denique intellegendae sunt λειτουρ-
γίαι, quibus functus est pater oratoris. — Eiusdem codicis auctoritate καί
inserui or. 14 § 10 ἱππεύσαντες δὲ καὶ τὸν ἄλλον χρόνον, ubi particula a Bekkero neglecta est, agnita a Kaysero.

λεια ἐγίνετο, quod habet C: nam in formis γίγνεσθαι et γίνεσθαι, γι-
γνώσκειν et γινώσκειν promiscue usurpatis ubique codicis auctoritatem
sequendam duxi.

Sed medicina quae quidem probabilis sit non possunt sanari quae
in eiusdem or. § 33 leguntur: itaque ·de his nolo hoc loco explicare,
sed si qui volent ingenium suum exercere, singulis sententiis, quarum
varietatem cognoscere licet ex editione mea posteriore, examinatis
ponderatisque videant quid ipsi rimari et in medium proferre possint.
Illud meo quidem iudicio certum est, initium verborum § 32 *καὶ τούτων μὲν οὐκ ἄξιον θαυμάζειν, ὑμῶν δέ, ὅτι οἴεσθε μὲν δημοκρατίαν εἶναι, γίγνεται δὲ ὅ τι ἂν οὗτοι βούλωνται* iusta reprehen-
sione carere. Quod enim § 30 de eisdem hominibus dicatur *τούτων δ᾽
ἄξιον θαυμάζειν, ὅ τι ἂν ἐποίησαν, εἴ τις αὐτοὺς εἴασε τῶν τριάκοντα
γενέσθαι*, id adversa fronte cum illis pugnare opinatus Kayserus
ann. Heidelb. 1854. 15 p. 231 aut inscio invitoque excidisse oratori re-
pugnantiam istam putavit, aut, quae sententia ipsi probabilior videatur,
per interrogationem scribendum esse *ἢ τούτων μὲν οὐκ ἄξιον θαυμάζειν, ὑμῶν δὲ κτέ.*, quibus superiora illa corrigantur. Quod nollem in
mentem venisset viro sagacissimo. Scilicet haec cum illis tantum abest ut discrepent, ut optime accuratissimeque concinere videantur.
Priori enim membro *καὶ τούτων μὲν οὐκ ἄξιον θαυμάζειν*, quod nega-
tione proprie carere debebat, eo consilio addita est negatio, ut vis
eorum quae illis opposita sunt magis illustretur augeaturque: quod est
correctionis quoddam genus cum gradatione Graecis quidem valde
frequentatum (cf. Vindd. Lys. p. 44 sq.). Enarrari sententia potest
hoc fere modo: *καὶ τούτων μὲν οὐκ ἄξιον θαυμάζειν, καίπερ ἄξιον
ὄν, ὑμῶν δέ*: 'atque hos quidem tales esse mirandum non est, quamquam profecto mirandum est, sed vos potius.' Eaque ipsa dilucidiore
et fusiore loquendi forma utitur Demosthenes or. Phil. III § 55 *καὶ οὐχὶ
τοῦτό πω δεινόν, καίπερ ὂν δεινόν· ἀλλὰ καὶ μετὰ πλείονος ἀσφα-
λείας πολιτεύεσθαι δεδώκατε τούτοις ἢ τοῖς ὑπὲρ ὑμῶν λέγουσιν*. V.
Weberus ad Aristocr. p. 459, Heindorfius ad Plat. Gorg. § 144 et ad
Hor. sat. II 7, 109, Foertschius comm. de locis nonn. Lysiae et Dem.
p. 40, C. F. Hermannus de protasi paratactica p. 4 n. 10. Nunc licet
comparare duos locos orationis Hyperideae quae est pro Euxenippo
luculentissimos, quorum unus legitur p. 12, 15 sqq. ed. Schneidewin.
*σὺ γὰρ δήπου Ὀλυμπιάδι μὲν τὰ Ἀθήνησιν ἱερὰ ἐπικοσμεῖν ἔξεστιν,
ἡμῖν δὲ τὰ ἐν Δωδώνῃ οὐκ ἐξέσται, καὶ ταῦτα τοῦ θεοῦ προστάξαν-
τος*, alter p. 13, 3 *καὶ οὐ σὲ μὲν οὕτως οἴομαι* (scrib. *οἶμαι* coll. G.
Dindorfio ad Demosth. praef. p. XIII ed. III) *δεῖν πράττειν, αὐτὸς δὲ
ἄλλον τινὰ τρόπον τῇ πολιτείᾳ κέχρημαι*.

Orationis tricesimae

§ 19 *πῶς δ᾽ ἄν τις εὐσεβέστερος γένοιτο ἐμοῦ, ὅστις ἀξιῶ πρῶτον μὲν κατὰ τὰ πάτρια θύειν, ἔπειτα ἃ μᾶλλον συμφέρει τῇ πόλει, ἔτι δὲ ἃ ὁ δῆμος ἐψηφίσατο καὶ δυνησόμεθα δαπανᾶν ἐκ τῶν
προσιόντων χρημάτων;* Cum non tria sacrorum genera distinguat ora-

tor, sed duo, in verbis ἔπειτα ἂ μᾶλλον vitium latere perspicuum est.
Quare ἐπεὶ ταῦτα μᾶλλον scribi voluit Westermannus, ego secutus sum
in editione mea Rauchensteinium, qui ἔπειτα cancellis saepsit. At
in utraque ratione comparativus quemnam intellectum habeat vix quisquam dicat. In eodem merito offendens Bergkius in Iahnii ann. philol.
LXV p. 392 sic locum constituit: ἐπεὶ τὰ μάλιστα συμφέρει τῇ πόλει,
ἔπειτα δὲ ἂ ὁ δῆμος ἐψηφίσατο, εἰ δυνησόμεθα δαπανᾶν. Equidem
nescio an illa minore molimine refingi possint hoc modo: κατὰ τὰ πάτρια θύειν (ἐπεὶ τίνα μᾶλλον συμφέρει τῇ πόλει;), ἔτι δὲ ἂ ὁ δῆμος κτέ. 'qui censeam sacra esse primum e ritu patrio facienda' (nam
quae magis prosunt rei publicae?), praeterea vero ea' et q. s. In cod.
Pal. est ἔπειτ ἂ, ut Kayserus testatur.

    § 22 καὶ ταῦτα ὁρῶν αὐτὴν ἀπορούσαν χρημάτων — Βοιωτοὺς
δὲ σύλα ποιουμένους, ὅτι οὐ δυνάμεθα δύο τάλαντα ἀποδοῦναι. Sic
libri post Reiskium editi, ante Reiskium σκῦλα vulgaris lectio erat. At
in cod. X non σῦλα legitur Kaysero quidem teste, sed σύλα, qui ac-
centus indicto mihi esse videtur dedisse Lysiam σύλας. Sic enim
Harpocratio v. σύλας p. 171 ed. Bekk. (281 Dind.) Δημοσθένης ἐν τῷ
περὶ τοῦ στεφάνου τῆς τριηραρχίας. κἂν τῷ πρὸς τὴν Λακρίτου πα-
ραγραφήν «ἐξελόμενος ὁπόταν μὴ σύλαι ὦσιν Ἀθηναίοις.» ἐν δὲ τοῖς
ἑξῆς ὥσπερ ἐξηγούμενος αὐτό φησιν «σεσυλήμεθα δὲ τὰ ἡμέτερα αὐτῶν ὑπὸ Φασηλιτῶν ὥσπερ δεδομένων συλῶν Φασηλίταις κατ' Ἀθηναίων. ἐπειδὰν γὰρ μὴ θέλωσιν ἀποδοῦναι ἂ ἔλαβον, τί ἄν τις ἔχοι
ἄλλο ὄνομα θέσθαι τῷ τοιούτῳ ἢ ὅτι ἀναιροῦνται τὰ ἀλλότρια;» ἀντὶ
τοῦ τὰς συλήσεις σύλας ἔλεγον. Atque fere eadem reperiuntur in
Photii lex. p. 473 Pors. Sed hanc interpretationem librariorum culpa
depravatam esse persuasum habeo. Scholia quidem Demosthenis ad
or. 35 § 13 (p. 124 ed. Tur.) habent σύλαι (sic) συλλήψεις, itemque
ad or. 51 § 13 (p. 125) σύλας δὲ λέγει τὰς συλλήψεις. Neque aliter
Etym. M. p. 665 ed. Sylb. σύλαι, αἱ συλλήψεις παρὰ Δημοσθένει κτέ.
et Suidas p. 943 ed. Bernh. σύλας. τὰς συλλήψεις et (post allata illa
Demosthenis exempla) ἀντὶ τοῦ τὰς συλλήψεις σύλας ἔλεγον, ubi Sal-
masius et post hunc Valesius ad Harpocr. pro συλλήψεις scribi voluerunt συλήσεις[49]), quod probavit Bernhardyus. Mihi secus videtur.
Per vocabulum enim συλήσεις spoliationes denotans non explicatur illud
σύλαι, cum alterum altero non notius usitatiusque sit aut dilucidius.
Immo vero Harpocrationis, ut arbitror, librarii peccaverunt, ipse autem
item ut illi, qui sua ex Harpocratione mutuati sunt, σύλας interpretatus est συλλήψεις (Besitznahme, Beschlagnahme, Pfandergreifung),
qua quidem glossa sane illustratur notio. Quapropter ita existimo, σῦ-
λον valere praedam ipsam, σύλας autem pignora quae ob pecuniam
debitam auferantur (fere i. q. ῥύσια). Ex quo apparet in Dem. or. 35
§ 26 συλῶν esse cum Schaefero et editt. Tur. reponendum pro librorum
scriptura σύλων, quod perspicuum est etiam ex or. 51 § 13 διὰ τὰς

---

49) Valesius quidem prudenter addens: 'tamen nil temere' p. 427 ed.
Dind.

ὑπὸ τούτων ἀνδροληψίας καὶ σύλας κατεσκευασμένας (Beschlagnahme).
Nam quod in Bekkeri Anecd. p. 303, 27 affertur σῦλα διδόναι, id vel
ipsum vitiosum videtur. Ceterum cf. Boeckhii oecon. publ. Ath. I
p. 763.

Ut huius loci, ita permultorum aliorum curationem repetii e cod.
Palatini indiciis quamvis errore scribentis lapsuve obscuratis: ex quo ·
numero pauca exempla expromam.

Orat. 12 § 89 vulgo scribebatur καὶ μὲν δὴ πολὺ ῥᾷον ἡγοῦμαι. At non ῥᾷον, sed ῥᾴδιον exstat in codice, cui cum editoribus
Tur. obsecutus sum: nam hanc quoque formam pro comparativo usu
venisse constat, veluti in Isocratis or. 5 § 115 et or. 8 § 50 (in ed.
mea per calami lapsum scripsi Isaei or. 8 § 50), quibus duobus locis
cum Baiterus Sauppiusque recte ex optimo cod. Urbinati edidissent ῥᾴδιον pro ῥᾷον, ad pristinam rationem reverti non dubitavit Benselerus.
Cf. Lobeckius ad Phryn. p. 403. Neque vero πολύ scripsit Lysias, etsi
in hoc vocabulo nihil per se esset quod reprehenderes, sed πολλῷ,
quod liquido latet in ea scriptura, quam repperit in codice nostro Kayserus πολλοί: unde reposui πολλῷ ῥᾴδιον.

Orat. 12 § 30 perperam adhuc vulgabatur ἐπειδὴ δὲ εἰς τὴν βουλὴν ἐκομίσθη, ἀπογράφει Ἀγόρατος πρῶτον μὲν τῶν αὐτοῦ ἐγγυη-
τῶν τὰ ὀνόματα: si enim recte se haberet singularis numerus ἐκομίσθη,
non in apodosi demum positum esset nomen Ἀγόρατος, sed iam in
protasi. Quare ita probavi quem Kayserus in Pal. esse animadvertit
pluralem numerum ἐκομίσθησαν, ut praeter Agoratum ipsum stra-
tegos taxiarchosque intellegendos esse arbitrarer. Eiusdem libri ope
refingendus est locus

Or. 13 § 32 καί μοι ἀπόκριναι, ὦ Ἀγόρατε· οὐ γὰρ οἶμαί σε
ἔξαρνον γενέσθαι: sic enim ediderunt interpretes ad unum omnes
secundum Laur. C, ego·vero in ed. pr. scripseram οὐ γὰρ ἂν οἶμαί σε
ἔξαρνον γενέσθαι. At Pal. ἀλλ' οἶμαί σε ἔξαρνον γενέσθαι, in qua
scriptura et negatio deest et futuri temporis significatio requiritur: patet igitur οὐκ inserendum esse, quod ego feci eo loco, quo facillime
opprimi negatio poterat, i. e. ante οἶμαι (ante quod verbum oppressa
est etiam or. 13 § 86, ubi v. annot.). Deinde post ἔξαρνον subieci particulam ἄν, quod nisi placuerit, corrigendum erit cum Cobeto γενήσε-
σθαι ad similitudinem verborum § 30 antegressorum οἶμαι μὲν καὶ
αὐτὸν ὁμολογήσειν. Denique voculam ἀλλ' in codice inventam tuendam mihi suscipiendamque duxi hoc sensu: 'iam mihi responde, Ago-
rate: at quamvis impudentissimus sis, tamen non puto te negaturum
esse —'. Integra igitur verba partim ad fidem archetypi revocata partim e coniectura suppleta ita se habebunt: ἀλλ' οὐκ οἶμαί σε ἔξαρνον ἂν γενέσθαι κτέ. Nec minus quid verum esset in

eiusdem orat. § 53 οὔτ' ἂν ἑκὼν οὔτ' ἄκων τοσούτους Ἀθηναίους ἀπέκτεινας ad hoc tempus latebat, cum nihil de discrepantia
archetypi memoriae proditum esset. Iam vero in hoc quoniam non
Ἀθηναίους, sed Ἀθηναίως esse a Kaysero accepimus, certum est
Lysiam scripsisse Ἀθηναίων, qui quidem genetivus cum ab ratione

commendatur, tum merito comprobatur a scriptore codicis Vindob., quem unum omnium fidelissime ad exemplar Palatinum expressum esse iam supra diximus.

Eiusdem orat. § 63 vulgo legitur φυγόντες γὰρ καὶ οὐ συλλη-φθέντες οὐδὲ ὑπομείναντες τὴν κρίσιν — τιμῶνται ὑφ᾿ ὑμῶν ὡς ἄνδρες ἀγαθοὶ ὄντες. In Pal. Kayseri post συλληφθέντες additur δὲ, quod mutavi in γε: ῾posteaquam enim᾿ inquit Lysias ῾hinc aufugerunt, siquidem non sunt comprehensi neque iudicii sortem exspectaverunt, post reditum suum honorantur a vobis᾿, proprie: et quidem non comprehensi. Cf. Hartungii doctr. de partice. linguae Gr. I p. 397 sq., Klotzius ad Devar. II p. 316.

Eiusdem orat. § 71 iam in ed. pr. quod in X legitur ἀλλὰ τούτῳ κραυγὴ γίνεται sic sanavi, ut scriberem ἅμα τούτῳ. Veram hanc, ut mihi quidem persuasum est, scripturam depravavit corrector Laurentianus commento suo ἀλλ᾿ ἐν τούτῳ, quod tamen patienter tulerunt qui ediderunt Lysiam.

Orat. 14·§ 26 Alcibiades natu minor perhibetur prodidisse oppidum Ὀρεούς, ut Bekkero scriberè ῾placuit nescio qua innixo illi auctoritate, vel Ὠρεούς, ut legitur in Laur. C. At neque oppidum alterutro nomine appellatum memoratur ullum — Euboeae enim urbs Ὠρεός dicebatur — neque sic in X, sed Ὀρνεούς scriptum vidit Kayserus. Quod nomen cum ne ipsum quidem, quod sciam, ab ullo scriptore antiquo memoriae proditum sit, haud cunctanter emendavi Ὀρνεάς, etsi rem ipsam hoc loco narratam perobscuram esse non ignoravi. Sed nunc demum haec emendationem a Marklando occupatam esse animadverti. V. Steph. Byz. I p. 496 ed. Mein. Ὀρνειαί ἢ Ὀρνεαί, κώμη Ἀργείας. ἔστι καὶ ἑτέρα πόλις μεταξὺ Κορίνθου καὶ Σικυῶνος (articulum hunc ex Eustathio ad Hom. p. 291, 6 addidit Meinekius coll. Strabone VIII p. 376 et 382). Thuc. VI 7, Paus. II 25, 5, ad quem v. Siebelis (I p. 225).

In orat. 19 § 24 τῶν μὲν μαρτύρων ἀκούετε, οὐ μόνον ὅτι ἔχρησαν ἐκείνου δεηθέντος X habet ἐχρήσαντο, ex quo fortasse eliciendum aut ἔχρησαν τούτῳ aut ἔχρησαν τότε.

Eiusdem orat. § 28 ἀλλ᾿ ἐκεῖνο ἐνθυμεῖσθε, ὅτι πρὶν τὴν ναυμαχίαν νικῆσαι, γῇ μὲν οὐκ ἦν ἀλλ᾿ ἢ χωρίδιον μικρὸν ῾Ραμνοῦντι scripseram in ed. pr. praeeuntibus criticis Turicensibus pro νικῆσαι, οὐδὲν ἦν ἀλλ᾿ ἢ, quod in cod. C inventum edidit Bekkerus. At ne illud quidem agnoscit cod. Pal., quem habere νικῆσαί γε μὴν οὐκ ἦν testis est Kayserus. Iam vero ad νικῆσαι victoris victorumve significatio desideratur ,, ut probe perspexit Bekkerus, qui nomen Κόνωνα excidisse suspicatus sententiae suae fautorem nactus est Sauppium. Is hoc ipso γε μὴν nomen illud reconditum latere ratus persuasit Rauchensteinio, qui νικῆσαι Κόνωνα, οὐκ ἦν in orationis seriem recepit. Verum quis est qui γε μὴν ex Κόνωνα a librario depravatum esse credat? Immo magis in promptu fuit permutatio vocabulorum γε μὴν et ἡμᾶς, idque ipsum in vices inquinatae scripturae substitui. Hic mihi obiciet quispiam Athenienses pugnae ad Cnidum commissae publice

non interfuisse. Scio: sed posteriore tempore illam·victoriam Atheniensibus iure quodam suo suam dicere licebat, vel quod ipse dux
Persarum victorque Conon genere Atheniensis erat magisque patriae
quam Persis studebat, quos cum victores faciebat, restituturus erat patriam (cf. Iustinus VI 2), vel quod multi exules et voluntarii Atheniensium privato consilio tunc in classe Persarum fuerunt, ut narrant Plato
Menex. p. 245 φυγάδας δὲ καὶ ἐθελοντὰς ἰάσασα (ἡ πόλις) μόνον βοη-
θῆσαι ὁμολογουμένως ἔσωσε, et Isocrates paneg. § 142 ἐν δὲ τῷ πολέμῳ
τῷ περὶ Ῥόδον (i. e. in pugna Cnidia) — χρώμενος δὲ ταῖς ὑπηρεσίαις
ταῖς παρ᾽ ἡμῶν (v. Sieversii hist. Gr. inde a fine belli Pelop. p. 77),
quin etiam Athenienses Hieronymus et Nicodemus a Conone ante pugnam Cnidiam ad regem Persarum profecto interim classi praefecti
sunt (v. Diodorus XIV 81). Denique per victoriam illam multa oppida
insulasque recuperaverunt Athenienses non secus ac si ipsi publice Lacedaemoniis superiores exstitissent. Cf. Boeckhii oecon. publ. Athen.
I p. 546.

Orat. 20 § 17 οὐδεὶς τοίνυν ἂν εἴποι ὅπως τι τῶν ὑμετέρων
ἔχει vulgo edebatur e C. In X autem legitur εἴποι τις ὅπως, ex qua
scriptura nuper effeci εἴποι ὅ τί πως. Sed propius abest a litterarum
Palatinarum ductibus εἴποι τι ὅπως τῶν ὑμετέρων ἔχει, quod e
consuetudine admodum contrita explicandum erit, ut quod subiectum
in enuntiatione secundaria est, id in primariam reiciatur obiectumque fiat.

Aliquotiens vero criticum adiuvat codex etiam in citationibus
testium orationi interiectis, quales sunt μαρτυρία, μάρτυς, μάρτυρες,
quo in genere quam saepe sit a librariis interpretibusque erratum, non
ignorant·qui in studio oratorum Atticorum diligentius versantur. Atque
hi quidem tituli interdum omittuntur in codice; quotienscumque autem
inveniuntur, non inveniuntur in continuatione verborum, sed sunt in
margine appicti. Cum testes in una atque eadem causa complures· ab
oratore vel advocante vel advocari iubentur vel adductum iri dicuntur
(καί μοι ἀνάβητε τούτων μάρτυρες: καὶ ὑμεῖς ἀνάβητε, καί μοι δεῦρο
ἴτε μάρτυρες: τούτων μάρτυρας παρέξομαι: μάρτυρας ὑμῖν παρέξομαι:
κάλει μοι μάρτυρας: καί μοι κάλει μάρτυρας⁵⁰): κάλει μοι τὸν καὶ τόν
et huius generis alia), titulus subicitur μάρτυρες, non μαρτυρίαι, veluti or. 1 § 29, ubi codicem nostrum non μαρτυρίαι, quod recepit Bekkerus, sed μάρτυρες habere, quod iam in ed. pr. auctoribus Turr. probavi, testatur Kayserus. — Or. 7 § 10 in eodem libro legitur καί μοι
δεῦρο ἴτε, lacuna octo fere litterarum post ἴτε relicta, quae in margine
sic expletur μ᷈, quod significat μάρτυρες, atque hoc quidem recte in
continuatione sermonis. Contra titulus μαρτυρίαι, qui reperitur in X,
falsus est. Scribendum de sententia Marklandi καί μοι δεῦρο ἴτε μάρ-

---

50) In hac formula articulum plane necessarium esse putans Schoemannus ad Isaeum p. 190 redarguitur locis a criticis Turr. ad Isaei or. 1 § 16
allatis. Nisi vero praeter exempla Lysiaca sex etiam illa Isaei et Isocratis
librariorum culpa corrupta esse putamus.

τυρες. Μάρτυρες. — Quando vero unus testis vel unus primarius cum aliis quibusdam citatur, μαρτυρία titulus est, veluti or. 22 § 9, ubi cum Anytus ad testimonium adhibeatur, Μαρτυρία e cod. Pal. primus restitui. Quod fere cadit in or. 31 § 16, ubi Diotimus cum paganis delectis testimonium dicere iubetur. Hic enim cum codex in margine habeat μαρτυρία τῶν αἱρεθέντων μετὰ δω, Sauppius in epist. crit. p. 81 bene eruit veram hanc scripturam μαρτυρία τῶν αἱρεθέντων μετὰ Διοτίμου. Bekkerus autem notis illis non recte intellectis dedit Μαρτυρία τῶν περὶ Διότιμον. Interdum tamen nullum a codice peti potest auxilium, veluti or. 3 § 14, ubi post verba ὧν ἐγὼ (sic necessario scribendum mihi videbatur pro vulg. ὡς ἐγώ) τοὺς παραγενομέ-νους ὑμῖν παρέξομαι μάρτυρας vulgo perperam inserebatur titulus Μαρτυρίαι pro eo quod ego primus dedi Μάρτυρες. In codice nihil est nisi totidem fere litterarum lacuna. Similiter non corrigendum, sed de coniectura complendum putavi titulum or. 13 § 28 post haec verba ὡς δὲ παρεσκευάσθη ἅπαντα ἃ ἐγὼ λέγω, καὶ μάρτυρές εἰσι καὶ αὐτὸ τὸ ψήφισμα σοῦ τὸ τῆς βουλῆς καταμαρτυρήσει. Ibi enim non modo ψήφισμα, quod in ora codicis ascriptum legitur sic: ψ. (sicuti § 29), sed ante ψήφισμα etiam μάρτυρες interponendum esse persuasum habeo, quod et ipsum interposui in or. 22 § 12 pone verba καὶ τούτων ὑμῖν μάρτυρας παρέξομαι (παρέχομαι libri) Marklando obsecutus.

Orationis tricesimae secundae

23   § 24 οὗτος γὰρ συντριηραρχῶν Ἀλέξιδι τῷ Ἀριστοδίκου, φά-σκων δυοῖν δεούσας πεντήκοντα μνᾶς ἐκείνῳ συμβαλέσθαι, τὸ ἥμισυ τούτων τοῖς ὀρφανοῖς οὖσι λελόγισται, οὓς ἡ πόλις οὐ μόνον παῖδας ὄντας ἀτελεῖς ἐποίησεν, ἀλλὰ καὶ ἐπειδὰν δοκιμα-σθῶσιν ἐνιαυτὸν ἀφῆκεν ἁπασῶν τῶν λειτουργιῶν. Ex his verba τοῖς ὀρφανοῖς οὖσι neque ad praecepta linguae accommodata sunt, quae οὖσι additum respuit, neque congruunt cum eis quae insecun-tur οὓς ἡ πόλις κτέ. Sic enim soli Diogitonis pupilli dicerentur immunes, non, ut lege sancitum erat, omnes omnino orbi. Eadem reprehensio cadit in Cobeti (de arte interpr. p. 153) coniecturam, in οὖσι latere existimantis τίθησι, cui apposita fuerit interpretatio λέ-λόγισται. Verum non in participio corruptela inesse putanda est, sed in articulo τοῖς, quem si mecum mutaveris in αὑτοῖς, istud οὖσι, quod molestias facessivit, idoneum habebit expeditumque ex-plicatum: 'dimidiam huius aeris partem in ratione tutelae gestae eis 24 utpote orbis rettulit, quos res publica non modo donec sub tu-tela sunt, sed etiam proximo post tutelam anno immunes reddidit.' De re v. Boeckhii oecon. publ. Ath. I p. 704, Hermanni Ant. Gr. publ. § 162 n. 12, Schoemanni Ant. iuris publ. Gr. p. 329.

          Ut hoc loco ex articulo pronomen ἀναφορικὸν eruendum erat, ita vicissim in or. 14 § 37 pronomine quasi obvolutus latebat arti-culus: ἃ μὲν γὰρ ᾔδει τῶν ὑμετέρων κακῶς ἔχοντα, μηνυτὴς αὐ-τοῖς Λακεδαιμονίοις ἐγένετο. Neque quas res Lacedaemoniis

aperuerit Alcibiades indicaium est, neque αὐτοῖς vim habet et signi- 24
ficantiam. Quibusnam enim Lacedaemonii oppositi sunt? Qui si
nescio quibus oppositi essent, articulus tamen τοῖς aegre desidera-
retur. Verba igitur depravata esse cum non fugeret Marklandi
acumen, pro αὐτοῖς ille scribi posse autumavit vel τοῖς vel αὐτός
vel αὐτῶν. Data inter has correctiónes optione Reiskius praetulit
αὐτός, ut Alcibiades ipse ultro Lacedaemoniis ulcera civitatis aperuisse diceretur. Quam ego suspicionem improbandam puto, non
quod sententiam ab loci ratione abhorrere arbitrer, aut quod illam
vocabuli αὐτός notionem reprehendam (cf. Lys. or. 12 § 61, Aesch.
Ctesiph. § 116, Dem. de f. leg. § 275), sed quia sic quoque ad μηνυτής nemo non desiderabit genetivum pronominis demonstrativi,
quod ad relativum ἅ respiciat ('eorum delator factus est'). Hac
de causa Turicenses praeoptaverunt αὐτῶν Λακεδαιμονίοις. Sed
αὐτῶν haud facile, opinor, ab librariis in αὐτοῖς immutatum esset.
Tu repone μηνυτής αὐτῶν τοῖς Λακεδαιμονίοις. Si quis autem
sit qui moretur pronomen αὐτῶν ad relativum respiciens, ubi exspectabatur demonstrativum genus, conferat is exempla, quae plurima congesserunt Foertschius observv. crit. p. 74 sq. et Maetznerus ad Antiph. p. 254.

Peccatum est, ut mihi quidem videtur, a codicum scriptoribus
in eadem voce in or. 12 § 55 τούτων τοίνυν Φείδων ὁ τῶν τριάκοντα γενόμενος καὶ Ἱπποκλῆς καὶ Ἐπιχάρης ὁ Λαμπτρεὺς καὶ ἕτεροι οἱ δοκοῦντες εἶναι ἐναντιώτατοι Χαρικλεῖ καὶ Κριτίᾳ καὶ τῇ
ἐκείνων ἑταιρείᾳ, ἐπειδὴ αὐτοὺς εἰς τὴν ἀρχὴν κατέστησαν, πολὺ
μείζω στάσιν καὶ πόλεμον ἐπὶ τοὺς ἐν Πειραιεῖ[51]) τοῖς ἐξ ἄστεος
ἐποίησαν. Reiskius pro αὐτούς vel αὐτοῖς, quod libri habent, sine 25
ulla dubitatione αὖτις in ipsam orationem invexit. At summo critico sic opinanti, decemviros denuo principatum adeptos esse,
aliquid humani accidit. Neque enim Hippocles neque Epichares
Lamptrensis neque Rhinon (qui quidem et ab Isocrate or. 18 § 6 et
ab Heraclide de polit. p. 5 ed. Schneidewin. in numero Xvirorum
refertur)[52]), sed soli Phidon et Eratosthenes dominationis XXXvirorum socii fuerant, ut e catalogo illorum tyrannorum a Xenophonte
memoriae prodito conspicitur, in quo quidem illorum nomina non
comparent (v. Sieversii comm. hist. de Xen. Hellen. p. 46 sqq. et
94 sqq.). Sed ne αὐτούς quidem probum videtur, quod e solo
cod. C asciverunt editores nuperrimi, quamquam vel id dubitatio-

---

51) Quae pone Πειραιεῖ etiam in Bekkeriana ed. interposita legebatur vocula ἤ, ea primus Reiskius in var. lect. p. 686 intellexit per-
verti sententiam: itaque Turicenses et ego eam delevimus.   52) In verbis Heraclidis τούτων δὲ (τῶν τριάκοντα) καταλυθέντων Θρασύβουλος
κὰ Ῥίνων προεστήκεισαν, quod Thrasybulus inepte cum Rhinone con-
iungitur, morosius olim et ego haesi (die oligarch. Umwälzung p. 119)
et alii offenderunt: nos tandem Schneidewinus excerptorum istorum condicione dilucide exposita docuit in comm. ad Heraclidis polit. p. 41 nomina integra quidem esse, sed ab excerptore ex politiis Aristotelis im-
perite contaminata.

25 nem movere debebat, quod X supra αὐτοὺς superscriptum habet αὐτοῖς, idque solum in Veneto a se repertum narrat Reiskius. Accusativo enim αὐτούς probato ad κατέστησαν necesse est intellegantur
e superioribus οἱ εἰς τὸ ἄστυ ἐλθόντες. Qua ratione discissus oritur
et salebrosus sermo, cum media perpetuitas enuntiationis primariae
secundaria enuntiatione ἐπειδὴ αὐτοὺς — κατέστησαν ita interrum-
patur, ut subiecta Φείδων — ἕτεροι a verbo suo ἐποίησαν dispes-
cantur et quae subiecta in primaria sunt, ea in intercalata ἐπειδὴ
— κατέστησαν in obiectum αὐτούς ex inopinato invertantur. Itaque Th. Bergkio αὐτούς exterminandum videtur. Qua ratione licet
inconcinnitas a me notata removeatur, credibile tamen non est αὐτούς ab interprete appictum esse, cum vel inscitissimo εἰς τὴν ἀρχὴν καταστῆναι nota locutio esset. Minus etiam alteram scripturam
αὐτοῖς ex interpretatione aut casu aliquo originem invenisse apparet, ita ut, cum sensu cassa sit, eam depravatam esse sequi videatur. Perspexit hoc Marklandus, qui hanc corruptelam sustulit ita
verba refingens: ἐπειδὴ αὐτοὶ εἰς τὴν ἀρχὴν κατέστησαν: quorum quidem haec vis est: Critias eiusque sodales crudelissimi fue-
26 rant ac saevissimi: quare post eorum interitum adversarii illis infestissimi electi sunt qui lenius rem publicam moderarentur. Hi autem
cum primum ipsi summam potestatem adierunt, tantum afuit ut
clementiores se mansuetioresque exhiberent quam illi, ut urbanis
acriores etiam concitarent turbas. Sunt igitur αὐτοί oppositi Critiae,
Charicli eorumque sodalicio. Sic non solum plane placideque pro-
fluit oratio, sed etiam singulare ei acumen accedit.

.Haud procul ab hoc loco § 52 εἰ γὰρ [53]) ὑπὲρ τῶν ἀδικουμένων
ἐστασίαζον, ποῦ κάλλιον ἦν ανδρὶ ἄρχοντι, ἢ Θρασυβούλου Φυ-
λὴν κατειληφότος, τότ᾽ ἐπιδείξασθαι τὴν αὐτοῦ συνουσίαν;
eodem Marklando auctore correxi εὔνοιαν, quod vocabulum cum
prope eandem atque illud in libris mscr. refert formam, tum hoc
loco propter similem praecedentis vocis αὐτοῦ exitum facilis confusio erat. Interpretatio enim ea, qua συνουσία studium esse dicitur, quo quis alicui parti tamquam σύνεστι sive praesto est eum
eaque facit, nescio an subtilior quam rectior sit: nusquam enim
hoc vocabulum ita usurpatum inveneris, sed ubique locorum est de
praesenti communione, consuetudine familiari, colloquio, con-
vivio. Si vero quis verba § 64 τούς τ᾽ ἐκείνῳ (Θηραμένει) συνόν-
τας scripturae συνουσίαν patrocinari existimet, is fallatur, ut recte
animadvertit Reiskius. Illic enim Theramenis collegas intellegi patet. Deinde habere quidem possumus συνουσίαν, desiderare etiam,
num vero praebere possimus vehementer dubito: contra εὔνοιαν
exhibemus etiam absentes. Atqui Thrasybulus Phylen occupaverat,
Eratosthenes vero XXXvirorum collega erat in urbe, alter ab altero

---

53) Sic nuper scripsi ex emendatione Schotti et Sintenis pro καὶ γάρ,
quod in libris est, et pro καὶ γὰρ εἰ, quod vulgo edebatur de Canteri
coniectura.

seiunctus. Quibus ego argumentis ductus putidulo isto συνουσίαν, 26 quod omnes editiones obsidet, reiecto reposui εὔνοιαν. Locutionem autem εὔνοιαν ἐπιδείκνυσθαι habes apud Lys. or. 18 § 3 et 4, Dem. de cor. § 10, ubi tamen legitur ἐνδείκνυσθαι τὴν εὔνοιαν. Comparetur Lys. or. 12 § 49 ὁπόσοι δ᾽ εὐνοί φασιν εἶναι, πῶς οὐκ ἐνταῦθα ἔδειξαν. — Persimilis est confusio vocabulorum οὐσία et οἰκία commissa in or. 19 § 42 Ἀριστοφάνης τοίνυν γῆν μὲν καὶ οὐσίαν ἐκτήσατό πλέον ἢ πέντε ταλάντων, ubi interpretes ne verbo quidem attigerunt certissimam Marklandi emendationem γῆν μὲν καὶ οἰκίαν, quam cum ipsa ratione a Marklando luculenter explicata, tum comparatione loci huic nostro germani § 29 χαλεπὸν — οἰκίαν τε πεντήκοντα μνῶν πρίασθαι, γῆς τε πλέον ἢ τριακόσια πλέθρα κτήσασθαι commendatam probavit Boeckhius oecon. publ. Ath. I p. 89, ego primus Lysiae restitui. Atque in fragmento 78 § 3 meae edit. (46 Bekk. 233 Saupp.) ὥστε μηδένα γνῶναι τῶν εἰσιόντων, εἰ μή τις πρότερον ἠπίστατο, ὁπότερος ἡμῶν ἐκέκτητο τὴν οὐσίαν nescio an propter εἰσιόντων reponendum sit οἰκίαν. Alterum cum altero permutatum est etiam apud Isaeum or. 6 § 39 in cod. Z deteriore illo quidem, qui οὐσίαν pro οἰκίαν habet.

Extrema hac scriptione aliquot Lysiae fragmenta partim trac-32 tabo partim retractabo, et primum quidem dicam de fragmento orationis κατὰ Τίσιδος⁵⁴) § 3 servato a Dionysio Hal. de admir. vi Dem. c. 11 (vol. VI p. 983 R.) et Ioanne Siceliota in cod. Barocc. 175 fol. 83: πεισθεὶς δὲ ταῦτα καὶ ἀπαλλαγεὶς καὶ χρώμενος καὶ προσποιούμενος ἐπιτήδειος εἶναι εἰς τοῦτο μανίας τηλικοῦτος ὢν ἀφίσταται, ὥστε ἐτύγχανε μὲν οὖσα ἱπποδρομία Ἀνακείαν, ἰδὼν δ᾽ αὐτὸν μετ᾽ ἐμοῦ παρὰ τὴν θύραν ἀπιόντα (γείτονες γὰρ ἀλλήλοις τυγχάνουσιν ὄντες) τὸ μὲν πρῶτον συνδειπνεῖν ἐκέλευεν, ἐπειδὴ δ᾽ οὐκ ἠθέλησεν, ἐδεήθη ἥκειν αὐτὸν ἐπὶ κῶμον, λέγων ὅτι μεθ᾽ αὑτοῦ καὶ τῶν οἰκετῶν πίεται. Cum § 2 dixisset actor Tisidi a tutore eodemque amatore Pythea persuasum esse, ut in praesentia cum Archippo in gratiam rediret opperiens sicubi solum eum deprehenderet (ἐκέλευσεν αὐτὸν — ἐν μὲν τῷ παρόντι διαλ-33 λαγῆναι, σκοπεῖν δὲ ὅπως αὐτὸν μόνον που λήψεται): pro ἀπαλλαγείς observv. in oratt. Att. p. 46 scribendum esse conieci διαλλαγείς, ut Tisis tutori dicto audiens cum Archippo in speciem se reconciliasse eiusque consuetudine usus esse perhiberetur, idque ita probavi Hoelschero et Sauppio, ut hi non cunctarentur διαλλαγείς in ordinem verborum recipere. Nunc vero mihi denuo haec verba rimanti tametsi eadem sententia necessaria visa est, tamen multo lenior medella succurrit quaeque non tantum distaret a scriptura codicum: καταλλαγείς, quod quamvis aliquanto rarius tamen si

---

54) In causa αἰκίας habitae: v. Reiskius ad Dion. Hal. VI p. 1154 extr., Meierus Proc. Att. p. 547 sq., Hoelscherus de Lysia p. 205. Cf. C. F. Hermanni symbolae ad doctrinam iuris Attici de iniuriarum actionibus p. 10.

33 sententia spectatur perinde est atque διαλλαγείς. V. Xen. Anab.
I 6, 1 καὶ πρόσθεν πολεμήσας, καταλλαγεὶς δέ. Plat. Civit. VIII
p. 566 E ὅταν τοῖς μὲν καταλλαγῇ. Thuc. IV 59 καὶ νῦν πρὸς ἀλλήλους δι' ἀντιλογιῶν πειρώμεθα καταλλαγῆναι. Soph. Ai. 744
θεοῖσιν ὡς καταλλαχθῇ χόλου. Et καταλλαγαί sunt apud Dem.
Olynth. I § 4. Voculas autem, κατά et ἀπό, cum simillimis com-
pendiis exararentur, sexcentiens in libris calamo scriptis permutatas
esse pervagatum est: v. Reiskius ad Dem. contra Boeot. p. 1017,
28, Schaeferus ad Dionys. Hal. de comp. verb. p. 242 et in Melet.
crit. p. 20, Cobeti var. lectt. p. 277. — Deinde verbum ἀφίσταται
merito notatum est a Cobeto, qui in or. de arte interpr. p. 96 'risissent' inquit 'Attici ita loquentem, qui non aliter quam εἰς τοῦτο
(τοσοῦτο) μανίας ἐλθεῖν, ἥκειν et ἀφικέσθαι dicebant. Scriptum
est in antiquioribus editionibus ἀφίστατο, in quo ἀφίκετο latebat.'
Poterat addere Batavus doctissimus in B Grosii reperiri ἀφιστᾶν
ἀφίστατο, in qua lectione ἀφιστᾶν errori scribae deberi videtur,
qui oculos ab ἀφίστατο ad superiorem vocem ὧν retorquens utrumque male conglutinaverit et post barbarum illud monstrum id posuerit quod pone ὧν invenisset in exemplo suo ἀφίστατο. Ac iure
quidem Cobetus miratur illam dictionem cum omni loquendi consue-
tudini contrariam tum minime congruam notioni verbi ἀφίστασθαι,
quod abscedendi, desciscendi, abstinendi, se removendi vim constanter obtinet, quarum significationum nulla cum illa dictione conciliari potest. Sed quod Batavus ipse tralaticium verbum substi-
tuendum iudicavit ἀφίκετο, librariis opinor magis in promptu
erat mirum istud ἀφίστατο mutare in ἀφίκετο quam retrorsum:
etenim ἀφίκετο εἰς τοσοῦτο μανίας cum cuivis ac vel indoctissimo
librario obvia esset cognitaque formula, vix est credibile quemquam
in devium vocabulum atque ab hoc nexu plane alienum ἀφίστατο
aberrasse. Quod apud animum meum reputans ἀφίστατο transfor-
mandum esse censui in καθίστατο, i. e. eo iste insaniae redige-
batur, coniciebatur, perducebatur. Quam ipsam formulam etsi alibi
legere me non memini, tamen recte et ordine usurpatam esse non
est quod dubitemus: est enim ad similitudinem locutionum eius modi
34 composita, quales sunt frequentissimae illae καθιστάναι, καθίστα-
σθαι, καταστῆναι εἰς ἔχθραν, εἰς ἔλεγχον, εἰς ἀγῶνα, εἰς κίνδυνον,
εἰς ὁμόνοιαν, εἰς πόλεμον, εἰς στάσεις, εἰς ταραχήν, εἰς ἀνάγκην,
alia id genus, quae omnia conquirere nihil attinet. — Deinde in
observv. in oratt. Att. p. 46 suspicatus dedisse Lysiam ὥστε ὅτ'
ἐτύγχανε, quod abrupta oratio mihi esse videretur, assensum tuli
et Frankii et Hoelscheri, non item Sauppii. Atque ego quoque
nunc interposita coniunctione ὅτε supersederi posse puto, dummodo
haec ἐτύγχανε μὲν οὖσα — ἀπιόντα, γείτονες γὰρ ἀλλήλοις τυγχάνουσιν ὄντες tamquam in parenthesi interiecta esse statuatur. —
Tum ἀπιόντα istud mirum est quod tam diu patienter tulerunt homines critici. Num quis praeter ianuam abit vel exit? immo
aut ex ianua exeundum est, quae sententia non quadrat in locum

nostrum, aut praeter ianuam praetereundum, quod hic solum est 34
idoneum. Quapropter in Iahnii ann. philol. XXXI p. 382 correxi
παριόντα, cui correctioni id quoque commendationi est, quod in
ed. Rciskiana, incertum an e codd., scriptum exstat παριόντων. —
Tum mihi convenit nunc cum Cobeto, qui in var. lectt. p. 378 sq.
verba λέγων ὅτι μεθ' αὐτοῦ καὶ τῶν οἰκετῶν πιέτω sic emendanda esse vidit καὶ τῶν οἰκείων πίεται, quam emendationem,
si liber ille mihi ad manus fuisset, sine haesitatione suscepissem. —
Denique § 4 quae verba aliquando in Iahnii annalibus l. d. ab eo
quo posita sunt loco aliena esse demonstrare conatus sum ἀλλ' ἐξη-
λωκὼς μὲν τῶν νεωτέρων τοὺς πονηροτάτους ἐν τῇ πόλει, νεωστὶ δὲ
τὰ πατρῷα παρειληφὼς καὶ προσποιούμενος νέος καὶ πλούσιος εἶναι, eorum contra me patrocinium suscepit Sauppius, cuius rationibus nunc facere non possum quin assentiar. Attamen criticos
omnes praetervolavit mendum quamvis minutulum in verbis τοὺς
πονηροτάτους ἐν τῇ πόλει residens; quod ita removendum erat ut
scriberetur τοὺς πονηροτάτους τοὺς ἐν τῇ πόλει: iuvenum enim
pessimos, qui quidem in urbe erant, aemulatus est, non cum ipse
in urbe esset. Eandem maculam elui or. 13 § 20 οἱ γὰρ πολλοὶ ἐξ
ἐκείνης τῆς βουλῆς τὴν ὑστέραν βουλὴν τὴν ἐπὶ τῶν τριάκοντα
ἐβούλευον, ubi pone πολλοὶ interposui articulum οἱ. Atque etiam
or. 13 § 72 τὰ μέντοι ὀνόματα διαπράττονται σφῶν αὐτῶν necessaria est Sauppii emendatio τὰ σφῶν αὐτῶν.

Praeterea de duobus locis, qui simili labecula aspersi sunt, accuratius explicandum videtur. In fragmento 14 ed. meae (41 ed.
Saupp.), quod exstat apud Aristidem or. 49 p. 518 Dind., si id tamen
Lysiae est, haec leguntur: ὑμεῖς μὲν οἴεσθε, ὦ ἄνδρες Ἀθηναῖοι, παρ'
ὑμῶν ταῦτά μοι γράμματα καὶ τὴν στήλην εἶναί τι σεμνόν, ἐμοὶ
δὲ στήλη οὐρανομήκης ἕστηκεν ἐν τῇ Πελοποννήσῳ μαρτυροῦσα τὴν
ἀρετήν. Ibi articulus circa γράμματα quin desit dubitari nequit: γράμματα enim praedicatum esse non potest. Sed quod in superiore editione scripsi παρ' ὑμῶν ταῦτά μοι τὰ γράμματα (Emend. Lys. fasc.
p. 35), cum παρ' ὑμῶν hoc pacto non haberet quorsum referretur, id
fieri non posse ipse perspexi nuperque de coniectura dedi τὰ παρ'
ὑμῶν ταῦτά μοι γράμματα: cuius articuli ante pronomen demonstrativum collocatio si quem offendat, conferatur illud Demosthenis a
Kruegero in gr. Gr. § 50, 11 n. 20 expromptum αἱ πρὸς τοὺς τυρά-
νους αὗται λίαν ὁμιλίαι. Interpretor autem τὰ παρ' ὑμῶν γράμματα
inscriptiones s. titulos ab Atheniensibus Iphicrati honoris causa do-
natos dicatosque. Ceterum pro τὴν ἀρετήν, cum Iphicrates rem in 35
Peloponneso gestam (i. e. moram deletam, v. Sieversii hist. Gr. a
fine belli Pelop. p. 123, Hoelscherus de Lysia p. 140) tamquam co-
lumnam esse glorietur sibi positam, testem illam suae virtutis, nescio an requiratur τὴν ἐμὴν ἀρετήν vel τὴν ἀρετὴν τὴν ἐμήν[55]).

---

55) Itidem pronomen possessivum mihi quidem videtur excidisse or.
10 § 8 νυνὶ δὲ αἰσχρόν μοι εἶναι δοκεῖ περὶ τοῦ πατρός, οὕτω πολ-

35 — Alter locus est or. 31 § 4 ἀξιῶ δὲ καὶ ὑμῶν οἵτινες δυνατώτεροι ἐμοῦ εἰσί, λόγῳ ἀποφῆναι μείζω ὄντα αὐτοῦ τὰ ἁμαρτήματα, καὶ ἐξ ὧν ἂν ἐγὼ ὑπολίπω (ita nuper dedi auctore G. A. Hirschigio pro ὑπολίπωμαι), πάλιν αὐτοὺς περὶ ὧν ἴσασι κατηγορῆσαι Φίλωνος. Sic scripserunt et distinxerunt ad unum omnes: quod si fit, voc. δυνατώτεροι nude positum nescio an alio significatu accipi nequeat, nisi ut potentiores designet: potentiores vero cur rogentur ut maiora gravioraque Philonis delicta esse demonstrent, quam quorum magnitudinem et atrocitatem sua oratione assequi possit orator; non intellegitur. Sed fac δυνατωτέρους dicendo valentiores designare posse[54]), intellecto scilicet nescio unde dicendi 36 verbo: quamnam, quaeso, vim λόγῳ habere credimus ad ἀποφῆναι adiectum? Num δυνατώτεροι isti alio modo Philonis crimina aperire poterant quam verbis? Non credo equidem, sed illud λόγῳ in medio positum vacillansque ad δυνατώτεροι pertinere certum esse puto. At enim, inquit Reiskius, si cum hoc cohaereret, non λόγῳ conveniret, sed λέγειν. Esset hoc sane usu tritius et vulgarius. Sed cum τῷ τε πράττειν καὶ εἰπεῖν δυνάμενοι a Demosthene or. 49 § 9 et a quovis scriptore χρήμασι δυνατός sive δυνάμενος et huius generis alia dicantur, non video cur non liceat δυνατὸς τῷ λόγῳ, modo articulus praeponatur, qui hac in iunctura videtur necessarius: nam λόγῳ δυνατός esset oratione quadam valens. Scripsi igitur de mea coniectura et distinxi ita: οἵτινες δυνατώτεροι ἐμοῦ εἰσι τῷ λόγῳ, ἀποφῆναι μείζω ὄντα αὐτοῦ τὰ ἁμαρτήματα. Atque virgula pone λόγῳ est etiam in Palatino, ut testatur Kayserus.

34   Ceteros locos propter articulum falso aut omissum aut additum corruptos, ne omnia perlustrando longus sim, summatim enumerabo. Or. 1 § 17. 30, ubi Westermannus probabiliter proponit τὸν νόμον τὸν ἐκ τῆς στήλης, or. 2 § 43. 45. 79, or. 6 § 38, ubi pro καὶ τοῦτον ἡμῶν ἀπολαῦσαι suspicatus sum scripsisse oratorem καὶ τοῦτον τῶν αὐτῶν ἡμῖν ἀπολαῦσαι vel καὶ τοῦτον τῶν ἡμετέρων ἀπολαῦσαι coll. or. 28 § 6 ἐπειδὴ τάχιστα ἐνέκληντο (sic

---

λοῦ ἀξίου γεγενημένου καὶ ὑμῖν καὶ τῇ πόλει, μὴ τιμωρήσασθαι τὸν ταῦτ' εἰρηκότα. Quae enim his opposita sunt § 2 ἐγὼ δ', εἰ μὲν τὸν ἑαυτοῦ με ἀπεκτονέναι ᾐτιᾶτο, συγγνώμην ἂν εἶχον αὐτῷ τῶν εἰρημένων commonstrant aut περὶ τοῦ ἐμοῦ πατρός aut περὶ τοῦ πατρὸς τοῦ ἐμαυτοῦ ab Lysia dictam esse. 56) Hanc significationem si quis analogiae ratione confirmare velit, non sine aliqua probabilitatis specie afferre posse videatur nomen δύναμις, quod apud Dem. or. 19 de f. leg. § 339 (p. 450, 11) tantundem est ac δεινότης, eloquentia, ut animadverti Schaeferus conferri iubens sua ad Dionys. Hal. de comp. verb. p. 410. Verum illa notio non per se in ipso vocabulo δύναμις inest, sed ex orationis demum nexu intellegitur: etenim ὅταν μὲν ἴδητε, inquit Demosthenes, δεινότητα ἢ εὐφωνίαν ἤ τι τῶν ἄλλων τῶν τοιούτων ἀγαθῶν ἐπὶ χρηστοῦ καὶ φιλοτίμου γεγενημένον ἀνθρώπου, συγχαίρειν καὶ συνασκεῖν πάντας δεῖ· — ὅταν δ' ἐπὶ δωροδόκου καὶ πονηροῦ καὶ παντὸς ἥττονος λήμματος, ἀποκλείειν —, ὡς πονηρία δυνάμεως δόξαν εὐφορμένη παρ' ὑμῶν ἐπὶ τὴν πόλιν ἐστίν. Cf. infra § 340 αἱ μὲν τοίνυν ἄλλαι δυνάμεις —, ἡ δὲ τοῦ λέγειν κτέ.

dedi pro barbaro ἐνεπέπληντο) καὶ τῶν ὑμετέρων ἀπέλαυσαν. — 34
Or. 7 § 6 ὁ πόλεμος, quia bellum Peloponnesiacum dicitur, quemad- .
modum infra τὸ χωρίον ἐν τῷ πολέμῳ δημευθέν, eiusdem or. § 23,
or. 9 § 1. 3. 7, ubi perinde ac § 22, cum articulus tolerabili careat
intellectu, cum Bakio schol. hypomnem. II p. 247 leni mutatione
scripsi δι' ἰδίας ἔχθρας pro διὰ τὰς ἔχθρας: or. 9 § 16. 19, or. 12
§ 12 εἰς τὰ τοῦ ἀδελφοῦ τοῦ ἐμοῦ, ubi eliminandum esse τὰ iam
dixi Vindd. Lys. p. 41, collato quod infra legitur εἰς Δαμνίππου et
§ 16 εἰς Ἀρχένεω τοῦ ναυκλήρου. Eiusdem or. § 64, ubi de meo
dedi τοὺς φίλους τοὺς Θηραμένους pro τοῦ Θηραμένους, praesertim cum in nullo huius orationis loco Θηραμένης articulo insigniatur
(cf. or. 30 § 2 τοὺς νόμους τοὺς Σόλωνος, quod recte rescripsit 35
Reiskius pro τοῦ Σόλωνος et or. 32 § 26, ubi Ἀριστόδικον τὸν ἀδελ-
φὸν τὸν Ἀλέξιδος ex AB Grosii repositum est a criticis Tur. pro
τοῦ Ἀλέξιδος), or. 12 § 100, or. 13 § 77, ubi nunc συγκατῆλθε ἀπὸ
Φυλῆς auctoritate codicis X restitui pro vulgato συγκατῆλθε τοῖς
ἀπὸ Φυλῆς: quidni enim breviter dixerit Lysias: 'una rediit a
Phyle', etsi populares non recta ab illo castello in urbem redisse
constat, sed post occupatam demum Munychiam victosque optima-
tes. Or. 13 § 80, ubi Dobraeo auctore voci διαλλαγαί praefigendum
duxi articulum αἱ, quod de nota illa saepeque commemorata con-
cordiae reconciliatione Piraeenses inter et oppidanos facta loquitur
orator. Or. 14 § 17. 18. 23 τὸν Ἀλκιβιάδην, ubi malim aut deletum
articulum, cui certe locus nullus est, aut τουτονὶ Ἀλκιβιάδην. Or. 18
§ 3. 4, or. 19 § 7 δεινὴ ἡ συμφορά cum Reiskio, § 14 οἱ ἐν ἡλικίᾳ
pro οἱ ἐν τῇ ἡλικίᾳ cum Cobeto de arte interpr. p. 93, eiusdem or.
§ 19, ubi quod in Pal. scriptum exhibetur τῶν ἐν Πειραιεῖ τῶν πα-
ραγενομένων iam supra a me defensum est, eiusdem or. § 26 ἄξειν
τὸ χρυσίον cum Sauppio, nisi forte praestare putamus ἄξειν ῥύσιον,
quod Bergkio placuit. Eiusdem or. § 28, or. 20 § 32, or. 21 § 17,
ubi δοῦναι ταύτην χάριν correxi Kayseri suasu pro δοῦναι τὴν χάριν, or. 21 § 28, or. 22 § 1, ubi ποιουμένους τοὺς λόγους dedi
auctore G. A. Hirschigio pro ποιουμένους λόγους, quod constanti
usui adversatur. Or. 25 § 2. 9. 10 δικαιοτάτην τὴν ψῆφον cum
Rauchensteinio, or. 30 § 22. Denique in fragm. 82 meae ed. (245
ed. Saupp.) ὁ Φιλωνίδης δ' ἐρᾶν φησίν articulum ὁ abicere non
dubitavi: quippe Philonides reus est.

Fragm. πρὸς Κλεινίαν διαμαρτυρία 54 ed. meae (144 ed.
Saupp.) a Suida v. ὑπὸ μάλης servatum: ἐπειδὴ πάντες κατέδαρθον,
ἐσκευασμένος τῶν χαλκωμάτων ὅσα οἷός τ' ἦν πλεῖστα ὑπὸ μάλης λαβὼν ἐξήγαγε ξίφος ἔχων. Per noctem cum omnes dor-
miebant, Clinias dicitur quam poterat plurima vasa sibi confecisse
sive parasse: nihil enim aliud verbo simplici ἐσκευασμένος significatur.
At hoc absurdum esse per se patet. Scribendum erat συσκευασά-
μενος: ille vasa ahenea per noctis silentium collegit, collecta ar-
reptaque extulit sub ala gladium tenens. συσκευάζεσθαι enim de colli-
gendis vasis atque itinere parando usurpari nota quidem res est, sed

illud minus notum, valere etiam compilare et auferre dicique de furibus
qui furta raptim auferunt festinantes: quae quidem notio illustrata a
Tayloro et Reiskio ad Demosth. de f. leg. p. 438, 13 huic nostro loco
vel maxime videtur consentanea. Quae extremo fragmento posita sunt
verba aliquantum perturbata esse atque sic in ordinem redigenda, ut
scriberetur λαβὼν ἐξήγαγε ξίφος ἔχων ὑπὸ μάλης ostendi in
Iahnii ann. philol. XXXI p. 378, eaque correctio eo magis videtur necessaria, quod χαλκώματα sub ala gestari vix ac ne vix quidem recte
dicuntur.   Cf. Xen. Hell. II 3, 23 καὶ παραγγείλαντες νεανίσκοις οἳ
ἐδόκουν αὐτοῖς θρασύτατοι εἶναι, ξιφίδια ὑπὸ μάλης ἔχοντας παραγενέσθαι, ξυνέλεξαν τὴν βουλήν.

Fragm. πρὸς Ξενοκράτην (vel Ξενοφῶντα) 72 ed. meae (206 ed.
Saupp.) Photii lex. p. 546 (coll. 767) et Suidas v. συγκομιδή: συγκο-
μιδή·. ὡς ἐπὶ καρπῶν. Θουκυδίδης ἐν γ'· καὶ ἐν συγκομιδῇ καρποῦ
ἦσαν. καὶ Λυσίας ἐν τῷ πρὸς Ξενοφῶντα· συγκομίσας δὲ δῶρα καὶ
ἀποδόμενος τὸ ἀργύριον. Cum συγκομιδήν collectionem fru-
gum (ὡς ἐπὶ καρπῶν) interpretentur Photius et Suidas, cui interpretationi accommodatum est exemplum Thuc. III 15 ἐν συγκομιδῇ καρποῦ, consentaneum est in Lysiae quoque loco eiusdem usus confir-
mandi causa allato fruges commemoratas esse. At has num vocabulo
δῶρα significari censemus? Crederem equidem facilius, si dicta essent
τὰ δῶρα τοῦ ἀγροῦ vel τῆς γῆς, ut qualia dona intellegerentur non
esset ambiguum.   At hoc, quod conveniret orationi poeticae altius
assurgenti, non convenit sedato oratoris, nedum tenui Lysiae sermoni.
Itaque dedi quod scripsisse Lysiam certissimum est συγκομίσας δὲ
ὀπώραν (v. Philol. I p. 185) meque · secutus est Sauppius. συγκομιδή τῆς ὀπώρας legitur etiam apud Pol. IV 66, 7. Vitii sedem emen-
dationisque viam monstravit L. Dindorfius ad Diodorum IV p. 285 sq.
suspicatus corrigendum esse συγκομίσας δὲ τὰ ὡραῖα. Nec minus
falsum est quod deinceps scriptum est ἀποδόμενος τὸ ἀργύριον. Etenim ἀποδόσθαι apud scriptores melioris notae omnes valet vendere,
ut docuerunt Boissonadius ad Philostr. Heroica p. 288 sq. et L. Dindorfius l. d. Iam vero qui glossam illam exscripsit auctor Etym. M. subodoratus haec per Graecitatem sententiamque iungi non. posse dedit
ἀποδοὺς τὸν ἀγρόν, quod esset: posteaquam reddidit agrum. Atque
ἀγρόν recte ille quidem, ἀποδούς non item recte. Non enim de red-
dito agro, sed de vendito locutum esse oratorem probabile est. Cor-
rige igitur ἀποδόμενος τὸν ἀγρόν, habebis integram sententiam
germanamque, ut arbitror, Lysiae manum.

Obiter moneo me in fragm. 7 ed. m. (15 Spp.) ὡς ἂν δύναιντο correxisse pro ὡς ἂν δύνανται, in fr. 16 § 1 ed. m. (44 Spp.) formam
Atticam χρέως restituisse pro χρέους, denique fragmentum 79 ed. m. (234
Spp.) de coniectura mea observv. in oratt. Att. p. 46 sq. prolata ita re-
finxisse: εἰ μὲν γὰρ ἀγροὺς κατέλιπεν Ἀνδροκλείδης ἢ ἄλλην φανερὰν
οὐσίαν, ἐξῆν ἂν εἰπεῖν τῷ βουλομένῳ, ὅτι οὗτος μὲν ψεύδεται,
αὐτῷ δὲ δέδοται. περὶ δὲ ἀργυρίου καὶ χρυσίου καὶ ἀφανοῦς οὐσίας
δῆλον ὅτι, ὅστις ἔχων αὐτὰ φαίνεται, τούτῳ δέδωκεν, pro ὅτι οὐδὲν

μὲν ψεύδεται, αὐτῷ δὲ δέδοται. περὶ ἀργυρίου κτέ. hac sententia: si
enim Androclides agros reliquisset, cum Pherenico quivis posset de
possessione horum agrorum contendere eosque sibi vindicare, at de
auro argentoque controversia oriri potest nulla. οὗτος Pherenicus intellegitur, αὐτῷ redit ad βουλομένῳ.

Ἐπίμετρον.

Vehementer doleo quod pro tarditate rei librariae nostrae serius
ad me pervenerunt C. G. Cobeti Batavi sagacissimi eruditissimique
Variae Lectiones, quam ut eas ad Lysiam expoliendum adhibere
possem. In quo opere tam multa continentur cum ad ceteros oratores
emendandos [57]) tum ad Lysiam sordibus purgandum utilia, ut facere
non possim quin in calce huius libelli ea omnia in conspectu ponam,
curaturus ut quae videantur probanda esse, in meam editionem post-
liminio recipiantur. Meum autem hoc loco qualecumque iudicium
quam brevissime potero interponam.

P. 3. Or. 9 § 2 εἰ μέντοι ὑμᾶς οἴονται δι' εὔνοιαν ὑπὸ τῶν
διαβολῶν πεισθέντας καταψηφιεῖσθαί μου οὐκ ἂν θαυμάσαιμι. Coniecit Cobetus δι' εὐήθειαν, fortasse recte, sed huius coniecturae
laus praerepta est ab Iacobsio et Dobraeo. Reiskius suspicatus erat
scripsisse Lysiam ἄνοιαν, Bergkius ἀνίαν, Emperius δύσνοιαν vel εὐ-
χέρειαν. Vulg. ita tuitus est Franzius, ut iudicum in actores benevolen-
tiam intellegeret.

P. 29. De or. 18 § 24 iam supra mentio incidit.

P. 37. Or. 13 § 31 correxit Cobetus οὐκ ἐδόκει αὐτοῖς ἅπαντα
τἀληθῆ πω κατειρηκέναι pro κατηγορηκέναι coll. § 50, quod
Agoratus non fuerit κατήγορος, sed μηνυτής. Recte id quidem. Sed
κατηγορεῖν universe indicandi, declarandi, palam dicendi, profitendi
(aussagen) significatum obtinet plane ut or. 1 § 20 et or. 7 § 35, quos
quidem locos et ipsos corrigere conatur Cobetus. Illis vero accedit
Antiphon, qui in eadem causa or. 1 § 10 εἰ δὲ ἄπαρνοι γίνοιντο ἢ λέ-
γοιεν μὴ ὁμολογούμενα, ἡ δίκη ἀναγκάζοι τὰ γεγονότα κατηγορεῖν.
Haud multum absimilia sunt illa Platonis Phaed. p. 73 B ἐνταῦθα σα-
φέστατα κατηγορεῖ (' arguit, declarat' Heindorfius) ὅτι τοῦτο οὕτως
ἔχει, coll. Alcib. I p. 105 A, Demosth. or. 45 § 20 ἔστι δὲ τοῦτ' αὐτὸ
τὸ δηλοῦν καὶ κατηγοροῦν, ὅτι πᾶν τὸ πρᾶγμα κατεσκευάκασι. Quid?
quod poetae quoque hunc usum norunt, velut Soph. Ai. 907 ἐν γάρ
οἱ χθονὶ πηκτὸν τόδ' ἔγχος περιπετὲς κατηγορεῖ. — Contra veri simile est quod per hanc occasionem suspicatur Cobetus in or. 1 § 20
scribendum esse καὶ τὰς εἰσόδους οἷς τρόποις ποιοῖτο pro προσίοι.
In eandem tamen sententiam inciderat iam Reiskius, nisi quod is

---

57) Aeschinis tamen codices ehkl quod pro optimis habuit Cobetus, in eo
falsus est, ut cognoscere poterat ex editione Turicensi.   ·

ποιοίη voluit. An forte Lysias edidit καὶ τὰς εἰσόδους οἷς τρόποις πορίσαιτο?

P. 49. Or. 1 § 14 εἶτ᾽ ἐκ τῶν γειτόνων ἀνάψασθαι (i. e. ἀποσβεσθέντα τὸν λύχνον) pro ἐνάψασθαι, quod codices habent, iam Reiskius dederat, sed necessarium non puto.

P. 68. Or. 32 § 14 ἐν γὰρ τῇ ἐξοικίσει, ὅτ᾽ ἐκ Κολλυτοῦ ἐξῳ-κίζετο εἰς τὴν Φαίδρου οἰκίαν pro διοικίσει et διφκίζετο. Satis pro-babiliter.

P. 84. Or. 1 § 9 λοῦσθαι pro λούεσθαι. Recte. Cf. Lobeckius ad Phryn. p. 189.

P. 111. Or. 31 § 17 τοτὲ μὲν αὐτὸς [μόνος], τοτὲ δ᾽ ἑτέροις ἡγού-μενος eiecto μόνος post αὐτός. Non opus.

P. 153. Fragm. 56 Bekk. 88 meae ed. (Stob. flor. 46, 110) οὐδὲν ἂν ἔδει τοὺς φεύγοντας ἀπολογεῖσθαι, ἀλλ᾽ ἀκρίτους ἀποθνήσκειν pro ἀκριτὶ ἀποθνήσκειν. Recte.

P. 158. Or. 19 § 12 ὁ δὲ ὁρῶν αὐτοὺς ὑπ᾽ ἐκείνου τε πεπιστευ-μένους γεγονότας τε ἐπιεικῶς τῇ τε πόλει ἔν γε τῷ τότε χρόνῳ ἀρέ-σκοντας ἐπείσθη δοῦναι (coll. § 15, ubi in ed. altera restitui οὐκ ἔδω-κεν pro οὐ δέδωκεν) certissima emendatione pro γεγονότας τε ἐπιει-κεῖς. 'Spectavit igitur in genero genus primum eique filiam in matri-monium dedit, quia honesto loco natus erat.' De locutionibus εὖ, καλῶς, κακῶς γεγονέναι ad generis nobilitatem aut ignobilitatem pertinentibus v. quae supra obiter annotavimus ad or. 13 § 59.

P. 177. Or. 12 § 44 ὅπως μήτ᾽ ἀγαθὸν μηδὲν ψηφιεῖσθε πολ-λῶν τε ἐνδεεῖς ἔσεσθε recte fortasse pro ψηφίσαισθε, quod de senten-tia Bekkeri reposuimus. In X non est ψηφίσεσθε, ut narrat Cobetus, sed ψηφίσησθε.

P. 187. Or. 6 § 26 οὐ μόνον τὸν θάνατον ἐφοβεῖτο ἀλλὰ καὶ τὰ καθ᾽ ἡμέραν αἰκίσματα οἰόμενος τὰ ἀκρωτήρια ζῶν ἀποτμηθήσεσθαι pro ζῶντος. Probabiliter.

P. 206 atque iterum 336. Or. 4 § 15 πότερον πρότερος ἐπλή-γην ἢ ἐπάταξα ἐκείνη μᾶλλον ᾔδει pro πρότερον — ἂν ᾔδει. Illud πρότερος ego iam in ed. altera post Marklandum edidi: ἂν autem par-ticulam equidem non expunxerim. Dicit enim orator: illa magis scie-bat, et professa esset, si tormentis esset cruciata.

P. 210. Or. 25 § 8 ἐνθυμηθῆναι χρὴ ὅτι οὐδείς ἐστιν ἀνθρώπων φύσει οὔτε ὀλιγαρχικὸς οὔτε δημοτικός, ἀλλ᾽ ἥτις ἂν ἑκάστῳ πολι-τεία συμφέρῃ, ταύτην προθυμεῖται καθιστάναι pro δημοκρατικός, nam apud Athenienses perpetuo usu opponi inter se τοὺς δημοτικούς et τοὺς ὀλιγαρχικούς, non τοὺς δημοκρατικούς, quod de rebus dicatur, non de hominibus. Aristoteles tamen Eth. Nic. V 6 τὴν μέντοι ἀξίαν οὐ τὴν αὐτὴν λέγουσι πάντες ὑπάρχειν, ἀλλ᾽ οἱ μὲν δημοκρατικοὶ ἐλευθερίαν.

P. 213. Or. 12 § 12 εἰς τἀδελφοῦ τοῦ ἐμοῦ pro εἰς τὰ τοῦ ἀδ. τοῦ ἐμοῦ iam dudum a me correctum est Vindd. Lys. p. 41 et in ed. alt. repositum εἰς τοῦ ἀδελφοῦ.

P. 251. Or. 2 § 35 οἱ μέλλοντες ναυμαχήσειν ὑπὲρ τῶν φιλτάτῶν (pro carissimis capitibus) τῶν ἐν Σαλαμῖνι pro ὑπὲρ τῆς φιλότητος ὑπὲρ τῶν ἄθλων τῶν ἐν Σαλαμῖνι. Ingeniose atque, ut opinor, vere.

P. 258. Or. 3 § 17 τοιαῦτα παρενόμουν pro παρηνόμουν. V. Buttmanni gr. Gr. I p. 345, Schaeferus ad Dem. p. 217, 25 (or. 17 § 22, ubi ex optimis codd. παρενόμουν restitutum), interpretes ad Aesch. Ctes. § 77.

P. 261. Or. 24 § 1 ὀλίγου δέω χάριν ἔχειν τῷ κατηγόρῳ pro οὐ πολλοῦ δέω, quod cum omnibus placuit interpretibus, tum mihi quoque probatum est. Nam formula ὀλίγου δέω ut constanter omnes in ea re utantur Athenienses, tamen cum πολλοῦ δέω non minus crebro dicatur (Plat. Apol. p. 30 D et 37 B, Menone p. 92, Alcib. I p. 131), non intellego cur non aliquando per negationem dici licuerit οὐ πολλοῦ δέω. Neque alio ducere videtur exemplar Palatinum, cuius auctor cum scripsit ολλοῦ δέω (non πολλοῦ δέω, ut tradit Bekkerus), haud dubie voluit non ὀλίγου δέω, ut videri cuipiam possit, sed πολλοῦ, cum littera initialis in eodem vocabulo etiam alio loco omissa sit, or. 19 initio.

P. 262. Or. 2 § 21 ἐλπίζων δουλώσεσθαι pro δουλώσασθαι nunc etiam in cod. X inventum atque a me iam restitutum. Praeterea or. 12 § 19 ᾤοντο κτήσεσθαι pro κτήσασθαι et or. 13 § 6 νομίζοντες καταστήσεσθαι pro καταστήσασθαι iam Marklandus coniecerat. Ibd. § 15 et 47 ἐπιτρέψειν pro ἐπιτρέψαι iam Stephanus, § 53 διαπράξεσθαι pro διαπράξασθαι iam idem ille Marklandus, qui cum et ipse eius modi infinitivos aoristi suspectos habuisset, cautius modestiusque locutus est in notis ad Maximi Tyrii dissert. XVIII p. 686. Eruditissime omnem hunc de infinitivo aoristi pro futuro posito locum pertractavit Lobeckius ad Phryn. p. 749 sqq., cuius non videtur rationem habuisse doctus Leidensis. Cf. praeterea Frankius ad Dem. or. 1 § 14 extr. et Weberus ad Aristoct. p. 343.

P. 263. Or. 21 § 10 Φιντίαν pro Φαντίαν. Mihi quidem Φανίαν scribendum videtur: cf. Athen. XII 551 C, Xenoph. Hell. V 1, 26.

P. 374. Or. 25 § 33 ἡγούμενοι νῦν μὲν διὰ τοὺς ἐκ Πειραιῶς [κινδύνους] αὐτοῖς ἐξεῖναι ποιεῖν ὅ τι ἂν βούλωνται, ἐὰν δ' ὕστερον δι' ἑτέρους σωτηρία γένηται κτέ. Idem remedium a me in ed. mea propositum esse iam supra dixi.

P. 376 sqq. emblemata quaedam aperiuntur. Or. 1 § 26 ὁ τῆς πόλεως νόμος, ὃν σὺ [παραβαίνων] περὶ ἐλάττονος τῶν ἡδονῶν ἐποιήσω. Non omnino opus. Sententia: 'quam tu legem migrando declarasti te eam libidinibus postposuisse.' — § 49 οἱ νόμοι κελεύουσιν ἐάν τις μοιχὸν λάβῃ ὅ τι ἂν [οὖν] βούληται χρῆσθαι, ut iam dederunt Reiskius et Bekkerus in ed. Berolinensi, ille quidem lectore de discrepantia scripturae non admonito. At vero οὖν archetypi auctoritate munitum sollicitandum non est. Pronomen enim ὁτιοῦν compositum per particulam ἂν dissecare licet, plane ut Latinum voc. quicumque: quam dissectionem plerumque per δήποτε fieri satis constat, v. Lobeckius ad Phryn. p. 373 sq., Kruegeri gr. Gr. § 25, 9, 2. Pro eo autem quod

pervulgatum est ἐάν τις μοιχὸν λάβῃ ὁτιοῦν χρῆσθαι, verbum βού-
λεσθαι interpositum est, quo arbitrii vis in ὁτιοῦν conspicua magis efferatur.   Similiter δύνασθαι superlativis cum particulis ᾗ, ὡς, ὅσος,
ὁποῖος iunctis subicitur, quem usum ad Latinum quoque sermonem pertinere nemo est quin sciat. — Or. 3 § 10 ἔδοξέ μοι κράτιστον εἶναι ἀπο-
δημῆσαι [ἐκ τῆς πόλεως]. λαβὼν δὴ τὸ μειράκιον — ᾠχόμην ἐκ τῆς
πόλεως. At v. Vindd. Lys. p. 83, ubi multa huius iterationis vulgarem
sermonem imitantis exempla congessi. — Or. 6 § 7 τοὺς μὲν ἐχθροὺς
μηδὲν ποιεῖν κακόν, τοὺς δὲ φίλους ὅ τι ἂν δύνηται [κακόν]. Sic iam
Taylorus. Prius κακόν tollebat Valckenarius. — Or. 12 § 99 οὐ τὰ
μέλλοντα ἔσεσθαι βούλομαι λέγειν, τὰ πραχθέντα ὑπὸ τούτων οὐ δυνάμενος [εἰπεῖν]. Non assentior. — Or. 12 § 22 ἥκουσιν ἀπολογησό-
μενοι [καὶ λέγουσιν] ὡς οὐδὲν κακὸν εἰργασμένοι εἰσίν. Recte fortasse. — Ibd. § 29 παρὰ τοῦ [ποτὲ] καὶ λήψεσθε δίκην; ‘non enim’
inquit ‘coniunguntur ποτέ et καί, alterutro utuntur.’ Temere: v.
Xen. Hell. II 3, 47 τοῦτον — τί ποτε καὶ καλέσαι χρή; Hoc si
vel ipsum corrigere animum induxerit Cobetus, num locupletiores
quaerit auctores quam poëtas? Certe Aristoph. pacis v. 1288 τοῦ
καί ποτ᾽ εἶ; Soph. Ai. 1290 ποῖ βλέπων ποτ᾽ αὐτὰ καὶ θροεῖς; —
Or. 12 § 53 [τῶν] διαλλαγῶν et or. 13 § 5 [τῆς] εἰρήνης. Non opus,
etsi articuli defectus de pace non certa explorataque, sed facienda demum usitatior. — Or. 13 § 62 οἱ στρατηγήσαντες ὑμῖν πολλάκις μείζω
τὴν πόλιν τοῖς διαδεχομένοις [στρατηγοῖς] παρεδίδοσαν. Certe commodius hoc. — Ibd. § 90 οὐδένα γὰρ ὅρκον οἱ ἐν Πειραιεῖ [ἢ] τοῖς ἐν
ἄστει ὤμοσαν. Sic iam dudum emendatum. — Or. 16 § 2 εἴ τις πρός
με τυγχάνει ἀηδῶς [ἢ κακῶς] διακείμενος. Ita iam Reiskius, vereor
ne recte. — Or. 18 § 5 ἐν τοιούτῳ καιρῷ, ἐν ᾧ οἱ πλεῖστοι τῶν ἀνθρώπων καὶ μεταβάλλονται πρὸς τὰ παρόντα καὶ ταῖς τύχαις εἴκουσι
[δυστυχοῦντος τοῦ δήμου]. Iure, ut opinor, — Or. 20 § 14 ἀλλ᾽ αὐτὸν ἠνάγκαζον ἐπιβολὰς ἐπιβάλλοντες [καὶ ζημιοῦντες]. Ita iam Reiskius. — Or. 21 § 19 διὰ τέλους [τὸν ἅπαντα χρόνον]. Non moror.
Vulgata defendi vix possit hoc modo: ‘uno tenore s. continuo per
omne tempus: ununterbrochen die ganze Zeit hindurch.’ Tum illud
διὰ τέλους ad continuationem actionis referendum esset. Utique non
placet Reiskii ratio pone διὰ τέλους interpungentis. — Or. 22 § 2 ὡς
ἀκρίτους αὐτοὺς χρὴ τοῖς ἕνδεκα παραδοῦναι [θανάτῳ ζημιῶσαι].
Non recte mea quidem sententia. Verba enim a critico nostro pro-
scripta salvo sensu abesse nequeunt, quae si omitterentur, ambiguum
esset utrum eo consilio, ut supplicio afficerentur an ut carcere conti-
nerentur, frumentarios illos Undecemviris tradendos censuerint quidam
de senatoribus. Iam vero hos ut capitis isti damnarentur auctores fuisse
ex eis apparet quae secuntur εἰ μὲν εἰσιν ἄξια θανάτου εἰργασμένοι et
ἀκρίτους ἀπολωλέναι. At, inquit, iudices dicuntur θανάτῳ ζημιῶσαι,
non Undecimviri. Hoc si verum est, quod verum esse nemo negabit, mendum alicubi latere patet. Non ita magno molimine corrigo: ὡς
ἀκρίτους αὐτοὺς χρὴ τοῖς ἕνδεκα παραδοῦναι καὶ θανάτῳ ζημιῶσαι,
comparans Xen. Hell. I 7, 10 ἂν δὲ δόξωσιν ἀδικεῖν, θανάτῳ ζημιῶ-

σαι καὶ τοῖς ἕνδεκα παραδοῦναι καὶ τὰ χρήματα δημοσιεῦσαι. Atque
idem video iam Tayloro in mentem venisse. — Or. 26 § 9 [περὶ] τῶν
ἐν ὀλιγαρχίᾳ ἀρξάντων ἕνεκα. Iam Bekkerus seclusit περὶ in ed. Berol.
Sed v. Bernhardy synt. Gr. p. 200. — Or. 28 § 17 ἅμα τοῖς φίλοις ἀποδοῦναι χάριν καὶ παρὰ τῶν ἀδικούντων [τὴν] δίκην λαβεῖν. Omisit
articulum iam Bekkerus in ed. Berol. secundum C. At sic defendi
potest, ut intellegatur debita poena : cf. Lycurgi Leocr. 111 ἐλάμβα-
νον τὴν τιμωρίαν, ubi v. Maetznerus p. 271. Cf. inprimis Foertschii
observv. crit. p. 54 sq. — Or. 29 § 1 πολλοὶ γὰρ ἦσαν οἱ ἀπειλοῦντες
[καὶ οἱ φάσκοντες] Φιλοκράτους κατηγορήσειν. Placet. V. supra ad
or. 12 § 22. — Ibd. § 11 δεινὸν ἂν εἴη εἰ — ἆθλα λάβοι τὴν ὑπ'
ἐκείνου καταλειφθεῖσαν οὐσίαν [ἀντὶ] τῆς αὑτοῦ πονηρίας. Praeter
necessitatem. — Or. 31 § 27 εἴ [τι] ἦν ἀδίκημα τὸ μὴ παραγενέσθαι
ἐν ἐκείνῳ τῷ καιρῷ, νόμος ἂν ἔκειτο περὶ αὐτοῦ διαρρήδην. Ne hoc
quidem necessarium. Nec magis illud in fragm. 18 ed. Bekk. 34 ed.
meae εἰ μὲν δίκαιον ἔλεγέ τι ἢ μέτριον pro ἔλεγεν ἢ μέτριον. — Fragm.
2 Bk. (1 ed. m.) § 2 οἰόμενος τοῦτον [Αἰσχίνην] Σωκράτους γεγονότα μαθητὴν καὶ περὶ δικαιοσύνης καὶ ἀρετῆς πολλοὺς καὶ σεμνοὺς
λέγοντα λόγους οὐκ ἄν ποτε ἐπιχειρῆσαι κτέ. Participium γεγονότα
pro γεγονέναι iam a me auctore Sauppio restitutum. — Contra nomen
Αἰσχίνην eliminandum esse nego, modo scribatur τουτονὶ Αἰσχίνην,
ut ego de meo correxi. — Fragm. 4 Bk. (7 ed. m.) οὐ τιμῆς τεταγμένης
*πωλοῦσιν ἀλλ' ὡς ἂν δύναιντο (sic iam pridem pro soloeco δύνανται
scripsi) πλειστηριάσαντες [πλείστου ἀπέδοντο]. Bene. — Fragm. 46
Bk. (78 ed. m.) περὶ τῆς φιλίας τῆς ἐμῆς καὶ [τῆς] Φερενίκου. Iure. —
Fragm. 33 Bk. (55 ed. m.) οὐδὲ εἴ τι ὁ εἰσποίητος πάθοι pro οὐδὲ εἴ
τις εἰσποίητος πάθος (ΠΑCOΙ Monac. Spengelii). Recte, ut nunc
puto : πάθοι iam ego dedi de Krehlii coniectura. — Fragm. 45 Bk. (75
ed. m.) Ἄρχιππος γὰρ οὑτοσὶ ἀπεδύετο μὲν εἰς τὴν αὐτὴν παλαί-
στραν οὕπερ καὶ Τῖσις pro ἀπεδύσατο. Assentior. De ceteris eiusdem fragmenti verbis supra exposui.

P. 387. Or. 12 § 38 πόλεις πολεμίας οὔσας φιλίας ἐποίησαν pro
φίλας. Recte.

Scribebam Strelitiae novae mense Ianuario anni MDCCCLVI.

Carolus Scheibe.

INDEX LOCORUM.